微 篇 小 说

时代记录

尚书房

一直向东走

闵凡利 著

南海出版公司
2020·海口

图书在版编目（CIP）数据

一直向东走 / 闵凡利著 .-- 海口：南海出版公司，2020.8

ISBN 978-7-5442-9688-5

Ⅰ. ①一… Ⅱ. ①闵… Ⅲ. ①小小说—小说集—中国—当代 Ⅳ. ① I247.82

中国版本图书馆 CIP 数据核字（2019）第 221310 号

YIZHI XIANG DONG ZOU

一 直 向 东 走

作　　者	闵凡利
责任编辑	雷珊珊
装帧设计	马顾本
出版发行	南海出版公司　电话：（0898）66568511（出版）（0898）65350227（发行）
社　　址	海南省海口市海秀中路 51 号星华大厦五楼　邮编：570206
电子信箱	nhpublishing@163.com
经　　销	新华书店
印　　刷	北京军迪印刷有限责任公司
开　　本	787 毫米 ×1092 毫米　1/16
印　　张	14.25
字　　数	142 千
版　　次	2020 年 8 月第 1 版　2020 年 8 月第 1 次印刷
书　　号	ISBN 978-7-5442-9688-5
定　　价	69.80 元

目录

一直向东走

我是一个的士司机，我的任务就是每天拉客。当然了，客不是白拉的，被拉的人要付银子的，也就是人民币，美元也要。我这人就是这样好，跟谁都有仇，就是跟银子没仇。我以为我有病，有一天我去医院找大夫看，大夫一听就急了，说："你这人怎么了，是不是拿我们医生开涮？"我说我一个小小的司机，打死我也没那样的胆子。大夫说，现在谁要是跟银子有仇，谁那才是有病呢！

从医院里出来，我心里像三伏天吃了根凉黄瓜一样地好受，那个爽，真是"瞎子害眼——没治了"。于是我就更加热爱祖国热爱人民币了。这一天我的车像船一样漂到了"梦巴黎夜总会"的门前，可巧，里面出来了一个女孩。女孩打扮得很新潮，穿戴得很前卫。女孩身上还有一股很重的香味，那味很霸道，硬往人鼻孔里钻，钻的时候还痒痒你的鼻毛，很让人产生冲动，做一些自己以为自己是男人的事。可我是一个高尚的人，是一个脱离低级趣味的人。所以女孩上我车时我没有这种想法。女孩酒喝了不少，踉踉跄跄地上了我的车。女孩捂着头，好像不捂着，头就像要裂了似的。女孩说："向东走！"

我就把车走向了东。我问："到哪儿？"

女孩说："向东走就是了。"

我于是就往东走。车的腿其实是很快的，没用多大一会儿，车子就来到了这座城市的东郊。我问女孩在哪儿，女孩说一直往东走。

我说东边可就是庄稼地了。女孩说："还得往东。"

我说那东边可就是山了。

女孩说："对，我就去山的东边。"

我知道我的车还是昨天加的油，油是不太多了。我就没说啥，只往路两旁看，找加油站。女孩见我不吭声，就从手袋里掏出两张大票，是一百的，往我眼前一扔："是不是怕我不给你钱？放心，不会少你一分的！"

我说："哪会呢，我是在找加油站。"

车子加了油。女孩告诉我一直向东走，什么时间让我停我再停。我说好！我的车子就向着东奔去。

东边的山看着是近，可真正走起来，还是很需要时间的。怪不得人们常说：望山跑死马。车子跑了将近一个小时，我终于翻过这座山。女孩这时正睡着，我推醒她，问："山过来了，咱们在哪儿停？"

女孩没有睁眼："看到前边那座山了吗？到山的那边去！"

我知道女孩说的那边是东边。我的车就照着女孩说的，一直向东开去！

又走了将近一个小时，前面的山也翻过了。我对女孩说："山我们已经过来了，你在哪儿下？"

女孩闭着眼说："前面不是还有一座山吗？再翻过就到了。"

我按着女孩说的就一直向前开。路都是柏油路，很好走的。说起来这得感谢党的好领导。要想富，先修路。农民虽然没有富起来，可路却修得非常平坦畅通。前面的那座山也是很快过来了。我对女孩说："山我们已经过来了，我们在哪儿停？"

女孩这时睁开了眼，看了一下："你看到前面的那片树林了吗？"

我看到在不远的东边有一片黑黝黝的，我知道那就是女孩所说的树林。我说看到了。女孩说："我的家就在树林的东边，和树林挨着。"

我说："你是不是就在那儿下车？"

女孩说："是的，我就在那儿下车。"

我就向那片树林开去。那片树林虽然看着是远，没用多大一会儿，就到了。说起来，路其实是很好走的，再远的路，只要有方向，有目标，只要走，是很容易到达的。

车子到了树林的东边，女孩说：“看到前面的那棵大槐树了吗？”我说看到了。女孩说：“你就在那儿停吧，我的家就在那儿！”

车子在大槐树下停下了。女孩在车上把自己整理了一下。女孩说：“我的家到了。”女孩接着又要给我钱。我说：“你给我的那两个大票还用不了呢！”女孩说：“不用找了，就算你的小费吧。”女孩说这话时脸上荡着笑，我猛地发觉，女孩其实是蛮漂亮的。女孩约我到她家喝茶。我说不了。我说这儿风景挺美，我看一看，就走。

女孩和我摆摆手就急急地向前面跑去。我就下了车四下里看了看。这儿是山的腹部，空气很清新，风景很秀美。看着看着，就有点喜欢上这儿了。我想，假如到我老了，在这儿买块地，盖栋房子，颐养天年，那该是多么美好和幸福的事情啊！

就在这时，一阵哭声破空而来。哭声很无助很悲伤，仔细一听，是刚才那个女孩的，我忙奔着哭声找了过去。我发现女孩正蹲在一片荒地里放声大哭。我说：“你这是怎么了？”

女孩说：“我的家没有了。”

我四处看了看，这儿是一片荒坡，只有疯长的荒草，就问：“你的家在哪儿？”

女孩说：“我的家就在这儿。”

我说：“你醒酒了吗？”

女孩说：“我现在非常清醒。不然，我怎么能找到我的家。”

我说："这里哪有什么人家？分明是一块荒坡。你记错了吧？"

女孩摇了摇头。女孩说："我的家我怎么会记错呢？你看见前边的那块大象一样的石头了吗？"

我说，我看到了。女孩说小时候，她是经常爬那块石头的。现在那块石头又光又亮，那都是她和小伙伴们爬玩的结果。

我说："你没记错，可这儿什么也没有呀？"

女孩说："就是啊，我的家怎会没有呢？他们哪儿去了呢？"

我说："我怎么会知道？"

女孩看了我一会儿，喃喃地说："你是不会知道的。你是不会知道的。"

我说："你还再找找吗？"

女孩摇了摇头。女孩的头低下了。女孩说："咱回吧。"

我和女孩又踏上回程的路。一路上，女孩一言不发，只是两眼定定地望着前边的路。当我们接近城市时，天已经很晚了。我发现女孩眼里滚出了两粒又大又圆的泪珠。那泪珠里有来来往往的车灯和五光十色的霓虹灯。

我问女孩："你在哪儿下？"

女孩想了想，告诉我："在'梦巴黎'那儿下吧。"女孩说这话时很无奈。

下了车，女孩又要给我钱。我说什么也没要。女孩说："你也不容易，哪能不要呢？"

我说我说不要了。就不要。

女孩说："你是在可怜我！"

我笑着说："我怎么会可怜你呢？"我知道这话我说得有点儿违心。女孩肯定不信。我就接着说："你连家都没有了，我怎么会要你的钱呢？"

女孩听了，哇地哭了。女孩是哭着跑进"梦巴黎"的。

望着女孩的背影，我的泪也流了下来。我知道，女孩和我一样，也是城市里的一个游魂。

蝶在舞

我是一只蝶。走向火焰是我一生的目标。

我原是一个卵。父母交配完就把我种在一块长着水草的泥沼里。我就成了一粒种。和所有的兄弟姐妹一起，我在水中成长，后来，我成了虫。再后来蜕了壳，成了一只蝶。

后来我的翅膀硬了，我就要做翅膀硬的事。首先，我得要找到我的根——就像一粒种子要找到土地、一片云彩要找到大海一样，我非常想见我的父母。一些和我一样在泥沼中出生的昆虫对我的想法嗤之以鼻，说我太温情太可笑，并说我们的父母把我们生下就丢在泥沼里，什么时候来看过我们问过我们？我说他们无情。我告诉他们，我们虽是昆虫，但是是有情有义的。我们不能跟人学，人很多的时候翻脸无情，还虚伪歹毒什么的。我们要跟羊和乌鸦学，羊知跪乳，乌鸦知反哺，他们都是我们的榜样。好多昆虫面对我低下了头颅。我知道，他们心中柔软的地方开始了疼痛。

我就开始寻找父母，我跋山涉水，把翅膀飞得酸疼酸疼的，在许多好心朋友的帮助下，我终于见到我称之为父母的那对蝶。

当我见到父母时，他们都在忙着做他们认为有意义的事。那天我刚飞到家，看到有好多的蝶也都飞来了，我姑且称他们为我的兄弟姐妹。他们都飞绕在父母的身边。父母对我的到来没说什么，只是点了一下头，算是招呼，接着又忙他们的事了。他们的事说起来很简单，就是去邻居家祭奠一只扑火而焚的雄蝶。这是一只扑了几次都没有焚烧的蝶，因他扑向的都是隔着玻璃的灯泡。而这次，他扑向的是一个穷孩子的煤油灯。

穷孩子正在煤油灯下做作业，做得聚精会神。雄蝶趁穷孩子太用心的当口，一头扑向那盏灯火。先是翅膀着了，接着是腿脚，然后是身体。雄蝶的燃烧把穷孩子吓一跳。当穷孩子回过神时，他已从灯上掉下来，躺在穷孩子的作业旁。穷孩子的字干净漂亮，一看就是个大学生苗子。他想告诉穷孩子：你不久会是一个大学生。可惜，他的话穷孩子听不懂。还有就是，他想说，已说不出了。

这是深夜，雄蝶的死去没用多久就被别的蝶看到。别的蝶把这消息告诉给雄蝶的家人。雄蝶一家人听雄蝶死在火焰上，高兴坏了。在蝶氏家族里，能死在火焰里是一只蝶的福，是八辈子修来的。所以当那只我叫母亲的蝶听说雄蝶在开追悼会就忙着祭奠，连我这个亲生的儿子都不愿多亲热一会儿。在她眼里，我的存在，还不如一只死在火焰里的雄蝶的祭奠重要。我不知这是我的福，还是我的疼。

在和父母一起的岁月里，我才知道，作为一只蝶，如能死在火焰里那是一种荣耀，是生命的一种永生。所以千百年来，飞蛾前仆后继扑向火焰，其实那是他们生命的一种尊贵，一种升腾。就像人在不停追求光明一样，死了，就是英雄，就是烈士，就是永垂不朽。只是，如今的蝶想死在火焰里非常非常艰难，因为人们都用电灯，还有，每家的门窗都用玻璃封闭了，对蝶们来说，简直是铜墙铁壁啊！

父母亲一边不停地给我们制造着弟弟妹妹，一边不停给我灌输“能死在火焰上是一种幸福，是生命的最高升华”的理念。在和父母生活的不长时间里，我的生命里就只剩下一个追求：在火焰里永生。

我每天除喂饱肚子外就是盼望着天黑。天黑了，才会有灯光。有灯光才会有实现我们生命的燃烧的可能。如今人们生活条件好了，家家都购买了空调，门窗在夏日比冬天关得还严实。每天在窗外徘徊时都看到我的好多同类，他们把两只眼睛等绿，也没有等到进入屋子的机会。更可恨的是，很多人家都买了“枪手”之类的杀虫剂，好多的蝶在伺机等待的时候被杀虫剂击倒了。他们没死在火焰上，而死在杀虫剂的香味中。这就成了蝶的羞，好比战士没死在战场上，而死在女人的肚皮上。

耻辱啊！

我绝不做被杀虫剂的香味熏倒的蝶，所以我眼观六路耳听八方。只要一看到那些个用双腿走路的人走向杀虫剂，我就赶快飞开。

后来我就急切盼望停电，只要停电，人们一点蜡烛，我就有死在火焰里的机会。还有，在不停的寻找中，我发现，农村停电的概率比城市多，有个五六倍吧。对于一只蝶来说，这就是命运。相对于人来说就是机遇。

我就进行了战略转移，从城市撤到乡村。游荡在乡村的天空里，飞舞在乡村的黑夜里。

在乡村，我来到一个叫闵凡利的窗下。我发现，他家里的灯比别的人家熄得晚。夏日一停电，这家伙就会打开窗口，就着蜡烛的光亮，光着膀子写一些他认为能感染人的狗屁文章，看他那正儿八经的样子，说不准一不留心就能获诺贝尔文学奖呢。其实在我看来，他的那些文章狗屁不是。可他很陶醉，每写完一段，就在那里摇头晃脑地读，老和尚念经一样，笑死我了。

（但说起来，对闵凡利这样的家伙来说，能有一个目标让他去奔，他以为是福呢！其实，活在人世的一些自以为是的人，哪一个不像闵凡利一样？）

盛夏最热的日子，每天我都早早来到闵凡利这家伙的窗前。我等待着停电。那段日子，我天天念好多遍阿弥陀佛，目的就是让电停了。一停电，闵凡利这家伙才会打开窗子，点起蜡烛。

俗语说心诚则灵。这天，还真停电了。我就见闵凡利这家伙骂了一句脏话，接着点起蜡烛，打开窗子。机不可失，时不待我，就在闵凡利开窗的瞬间，我飞进他的屋里。

蜡烛的火焰跳跃着，欢快地舒展着身姿。闵凡利看样子写在兴头上，他用手刮了一把额头上花生粒子般的汗珠，丢在地上，然后又继续写他的那一文不值的“经典”。这家伙写得很忘我，时而咬咬笔杆，时而双手托腮，呆头呆脑可爱极了。我常反思自己，我本是一个愚蠢的家伙，为追求生命的永生，傻傻地飞舞，蠢蠢地寻找这盏烛火，现在看来，闵凡利这家伙比我还可笑。

烛火在热烈地奔放着，用燃烧显示着他的光亮，显示着他不可一世的生命价值。看到火焰，我说不出的激动，我知道，我马上就要成为蝶氏家族的一个永生的英雄，成为我父母眼中的荣耀和自豪！

我在心里暗吸一口气，义无反顾朝烛火扑去。没想到啊没想到——这么蓬勃的火焰一下子被我扑灭了。黑暗中，我发现，我只是腿脚受了一点伤，伤虽不大，但很疼，钻心地疼。我躺在桌上呻吟着，听到闵凡利这家伙嘴里吐出一串的脏话，当然，脏话是骂我的。接着蜡烛被点着了。光明充满了所有的黑暗……

闵凡利看到桌上的我。我发现自己正躺在他的一纸文字上。他的那些文字好硬，石头似的，硌得我全身发疼。闵凡利这家伙伸手把我提起来，狠狠向地上摔去……

就在闵凡利摔我的一刹那，我猛地发现闵凡利这家伙很像我。我想告诉闵凡利：你也是尘世的一只蝶……

可惜，我永远说不出来了……

苍蝇说

我是父母种在肮脏中的孩子。哪儿肮脏，哪儿是我们的家。当然，肮脏不是出自我们的手，是来自你们尊贵的人类。

我们在肮脏中茁壮成长，肮脏就是我们美好的家园。

后来我就成了一只蛆。我吸收着肮脏里的营养。对于肮脏，我有着独到的心得。你们人认为的东西，对蝇类来说，有很多都是不确切，或者说不适用的。比如说肮脏，对你们来说那是一个讨厌的去处、烦心的地方。但对于我们，那是向往的世界。我们每时每刻都在幻想着，地球如果有一天能成为一个大垃圾场、大污秽地，那该是多美好的事啊！可这一天永远不会到来，因为你们不愿生活在垃圾中。还有就是真理，你们人类认为的真理，在我们看来是玩笑。说起来，你们人类对这个世界的认识还不如我们蝇类。就说时间吧，你们人类认为时间分过去、现在和未来，说通俗一点就是昨天、今天和明天。

可我们不这么看，我们认为时间就是物质。就是一个圆。就像你们磨坊里拉磨的驴，每天都在周而复始着自己的轨迹。就像你们的人生。

当然了，我是一只有点思想的蛆。像我这样爱思考的在我们蝇类家族里比比皆是。我们蝇类是一个爱动脑子的物类。在这点上，我觉得比人类强。你们是贪婪和懒惰的群体。你们的知识少得可怜，现在，你们连自己“从哪里来，到哪里去”还没有搞清，你们还停留在“到底先有蛋，还是先有鸡”的层面。你们的大部分知识来自书本，可我们的知识来自思考。我听你们人常说“读书使人进步”，还有“读书是人类进步的阶梯”等之类的话，真可笑啊！更有甚者说，“三辈子不读书，不赶一窝猪”。在你们心目中，猪是最愚蠢的。我告诉你们：其实你们人想错了，猪是世上非常聪明的动物。就看你怎么去想他了。

当然了，我先是一粒种，后来成为一只蛆。蛆是蝇的幼虫。我的最后是一只英俊的苍蝇。我现在虽是只蛆，生活在污浊中，但我的心灵是清洁的。我的清洁就似你们人类常夸的那个周敦颐写的“出淤泥而不染，濯清涟而不妖”的莲。可你们人类不这样认为，你们太急功近利，我和莲同是从肮脏中出生的，你们给予莲的地位是在天上，给予我们的是什么？你们最清楚！

当然这些都是实话，但实话说多了你们的自尊心承受不了。有时你们太可怜，也太孱弱，免疫力特别低，一代不如一代。说起来发明创造能促进你们的生产力的发展，让你们更强、更壮、更智慧，可如今你们人类的发明创新却成了缠缚你们自己的绳索。比如说空调，因为舒适，它把冬天和夏日都变成一个季节。所以你们在冬天感冒，在夏日伤风。你们的身体虚弱极了，可怜极了，也可悲极了。

我的身体是很棒的。所有的细菌我都不怕。只要我飞翔起来，我就是一枚子弹，就是一架飞机。我飞翔在蓝天上，飞翔在你们人类的贪婪中，飞翔在你们制造的肮脏中。

我是在肮脏中成长起来的孩子，对龌龊和肮脏本能地喜欢。如果你们人类都纯洁干净起来，我们就没生存的地方。但人类往往只顾外表干净，有的外边西装革履，甚至洒着香水，以示高洁和尊贵，可你们从不顾及内里和心灵。其实真正藏灰的地方是内心。只要把内心打扫干净了，你们会永远洁净。可你们从不爱打扫自己的心田，你们的心里积存着很厚的灰尘。所以你们永远干净不了。

该说说我自己了，我现在已从蛆变成蝇，飞翔在茂密的树林里。我的周围是参天的树木和绽放着芬芳的花。当然，我很喜欢这些，这些东西赏心悦目，但不能当饭吃。我的饭食还在人们的龌龊中。

我一路上唱着歌，飞翔在奔向城市的途中。我知道，城市是乡村的孩子，是乡村哺育喂养出来的。可我对城市有点看不起，那就是，城市有点忘恩，丢了奶头就骂娘，他们反过来还厌弃乡村的贫穷和落后。狗都知不嫌家贫，可城市在这一点上连狗也不如。

飞翔真是一件美好的事。我这才知道祖先为什么给了我们一双翅膀。给我们翅膀就是让我们飞翔。在飞翔的时候，我发现很多有意义的事，那些你们认为是无聊的或隐秘的。我在一个城郊接合部的工厂的办公室里看到老板奸污了一个女孩。女孩身下流着血，嘴里在叫喊着，我发现很多人都听到了，但他们都很麻木，装着若无其事的样子，继续从事着各自的工作。我狠狠用腿踢了一下那个老板。女孩哭得伤心而无助，我俯身尝了女孩的血，血很红，是撕裂的鲜血，非常腥。我喝饱了肚子。哎，说实在的，真该感谢那个老板！就因他的撕裂和强暴，我才吃饱了肚子。

后来我继续飞。当然是朝城市飞。现在我已进入城市。城市的外表虽看着干净敞亮，实际上他比乡村肮脏多了。看看城市的下水道，哪一个不比乡村的脏？

我现在正趴在一个公司董事长的窗口上。董事长的窗口封闭得很好，我们进不去。虽进不去，可我们喜欢趴在他的窗口上，因为在这儿能看到很多阴谋之类的东西。我以前对阴谋不理解。通过趴董事长的窗口，我明白了：阴谋就是几个人做一个套或几个套，让另外的几个人钻；或几个人合伙挖一个陷阱，让另外的几个人往里走。我看到董事长正和几个人低头在做套。

这一次他们不知在套谁，不知又是哪个倒霉蛋跌进他们的陷阱。说起来，谁跌进与我有什么关系？我是一个蝇呢！

我在一个垃圾桶里睡的觉。后来被几个捡垃圾的扒拉醒了。我想骂他们几句，但我就着月光看到这几个人都是乡下人，就没把脏话说出口。哎，他们怪可怜的，不像我有翅膀，又不像董事长那样的会做套给人家钻，只有靠捡垃圾过生活。说起来，他们和我一样，也是靠肮脏为生的。他们看到垃圾的那种急切和欢喜，和我们蝇类的表情是一样的。

我不想打搅他们。他们是靠着垃圾养家糊口呢！我轻轻飞开了。飞着飞着，我闻到血的腥甜味。哎呀，太香甜了。我像一个酒鬼向着浓郁的酒缸奔去。

血的味道是从一个豪华的房间里发出的。我看到一个男人正在用面巾纸擦拭着一把水果刀上的血。男人一边擦一边自言自语："叫你离婚，你偏不离。我叫你再缠着我！"男人说这话时有点幸灾乐祸，好像在说着一件与他无关的事情。我忙爬上去喝那个女子的血。那个女子的血闻着香，可喝起来却非常苦。我不知这是怎么回事。

那个男人看到了我，他讨厌我，想用手拍我，我轻轻一躲飞了起来。我知道，这个男人看着飞扬跋扈，可他马上就完了。因他的手上沾了血。

第二天，我看到这个城市到处都是身穿白大褂、肩背消毒器的人，原来这个城市在创建卫生城市，在开展灭苍蝇卫生运动。看到他们这么郑重其事的，我真的很想笑。

我想告诉可爱的人类，想消灭我们并不难，只要你们内心干净了，我们苍蝇马上就会绝迹，从这个星球上消失。可遗憾的是，因你们有欲望，所以你们的心灵永远也纯洁不起来。

蚕逍遥

我是一只蚕。现在，我躺在蚕山上。蚕山是用麦秸或稻草编织的呈“W”状的物件，供我结茧的。我一边吃着桑叶，一边想着老食已吃完了，要开始吐丝了。静下来想想自己，好像生下来就为吃似的。从自己是一枚卵，通过光照（或在保温箱里经过恒温）孵化成蚁蚕的那天起，就和桑叶结了缘，一辈子光吃桑叶，一直到吐丝。吃着吃着就明白了，我活着其实就是在做一件事，那就是吐丝。

为吐丝，我必须要做好一件事，那就是吃——吃桑叶。当然，吃，是为结茧。结茧，就是吐丝。桑叶是好东西，它不光能填饱肚子，给成长提供必需的养料，还能把自己的肚里东西都转化成丝的源泉，是个好东西啊！

我的一生也就是五十多天。这短短的时间，就是我的一个时代，要经过从卵到蚁蚕，从蚁蚕到蚕，从蚕到蛹，从蛹到蝶的过程。蝶才是我的成虫，也是我的最后。想想我就笑了，笑自己，就这几天的光景，要走这么多的坎，受这么多的磨难，怎么想这么像人生啊！

蚁蚕是我的幼虫（刚从卵中孵化出来的蚕宝宝，黑黑的像蚂蚁，身上长满细毛，故称蚁蚕），从蚁蚕到吐丝结茧要休眠四次，蜕四次皮。这只是二十五天左右的时间，除了吃就是蜕皮，我不停地强壮庞大（据说一个要吐丝的蚕的体重是蚁蚕的一万倍），说起来这都是桑叶的营养啊！

我感觉食吃得差不多了，前几天特饿，那个穿红衣的姑娘虽然一上午来喂好几次，可还感觉饿。我饿极了连桑叶梗子都吃了呢！后来，红衣的姑娘嫌一个人择桑叶慢，就叫来那个叫闵凡利的，听说是个写文章的，一起去地里，砍来好多长满桑叶的桑枝，放到蚕簿子上。这下，我们可以大快朵颐了，当然了，我们除了吃就是拉，拉的都是没消化的杂质，剩在肚里的就是精华了。

那几天，我们发现闵凡利这个人没事常往蚕房里来，一来给我们喂食，二来呢，我发现这家伙的眼神很特别，说文一些叫暧昧，说土一些就是眼里面有个扒钩子，反正是特流氓。他看红衣姑娘时，眼里会伸出一只手，在红衣女孩的身上抚摸。后来我才明白，敢情这家伙喜欢上红衣姑娘了。这时候，我发现，闵凡利已和我一样，开始在心里孕丝了，当然，他孕的是情丝。

我记得那天我已停止进食，休了一天眠，刚爬到蚕山上。我要开始做我一生中最大的事——吐丝。吐丝就是把我们肚子里吃的桑叶精华吐出来。丝是桑叶的精华，是一种液体，出了我们的嘴就成了透明的线。我们越吐身子就越来越小，也越孱弱。为保护自己，我们先给自己用丝织一个壳，那壳好似蜗牛身上背负的房子，是我们自己的保护。吐丝需要两三天的时间，可对我们蚕来说可是非常漫长。我一边吐丝一边想，难道，我们的活着就是给自己织一个壳，把自己圈进去？就像你们人类，小时候拼命地学习礼仪道德，学习生存之道，实际上你们学的就是怎样把自己圈进去、怎样再把自己消耗掉的方法和技巧。

我吐丝的时候，一抬头看到闵凡利也在吐丝。当然，他是在给那红衣女孩。他给那个女孩倾吐情诗。在我听来，那是一种麻醉人的谎言。可那红衣女孩很喜欢，她听着闵凡利的情诗，脸上荡起红晕，那含羞的模样柔媚婀娜。我虽是一只蚕，可心里也有些痒痒的。

后来我看到闵凡利去拉红衣女孩的手了。红衣女孩把手放到他手里，非常幸福。真令人羡慕。我就想，闵凡利这样的连个茧都不会结，就可以拉红衣女孩的手，亲近这个女孩的芳心。我为什么就不是人呢？如果我要是，不凭什么，就凭我结的这个茧，这女孩还不得对我投怀送抱？

哎，这就是命。我的壳越织越厚，渐渐地我把自己织进壳里。我把壳当成自己的家。当用最后的一根丝把家门堵上——喧嚣和嘈杂也被我堵在壳外时，我感到出奇的静。哎，劳累这么久，就为自己织一个壳。想想，很好笑。

再可笑，自己的路还要走下去，活到这份上，我知道，自己马上就要是一个蛹了。当然我得脱下这又肥又大又松弛的外衣。脱下这外衣，我才是个蛹。也就是说，我不停吐丝织壳，就为了把自己织成一个蛹。这是没办法的事，这是我必须要走的路、要翻的坎。就好比闵凡利后来和那红衣女孩结婚一样，他们组合了一个家庭，后来他们为孩子的事发愁，为柴米油盐发愁，为工作和人民币发愁，他们和我一样，也成了他们自己的一个蛹。

以后的路是什么呢？自己的这大半辈子，除了吃就是织个壳把自己圈起来，我究竟做了什么？仔细想，只做了一件事，吐丝——结那个把自己束裹起来的壳。我常常皱着眉头想，难道，这就是人生的目的？

再想想那个叫闵凡利的家伙吧。他开始是上学，后来又写了一些自以为能教育人的文章。其实是满纸的荒唐言。他本是农民，可不会种地，首先说他不是一个合格的农民；后来又当工人，可不会操作机器；于是开始想干些不出汗的活计，想来想去，想到了写文章挣钱。怀有这种心态的人，能写出什么锦绣文章？就算是好文章，连他自己都教育不了，还能教育谁？

生在这个浮躁时代的人，哪一个不比他聪明？有时他还自我感觉良好。看看他周围的人，哪一个不比他虚伪？哪一个不比他张狂？哪一个不比他狠毒？

我虽是个蛹，可我很清醒。虽然我把自己圈起来。目的还是为了让自己走出这个壳。我虽是个虫，但我没忘，我是一个动物。

动物最终的目标是什么：那就是繁衍。想到这，已成为蛹的我豁然开朗：原来活着的目的在这儿啊！

我要好好地在壳里修养调整自己。我知道走进了壳里还要把自己再走出来。一个虫能进壳不是本事，关键是要从壳里飞出来。我就想那个叫闵凡利的家伙，光知道写，写那些只有几个和他一样家伙叫好的东西，实际上，他的那些作品都是文字垃圾。在这个被称为地球的尘世上，一天能生产几列车。他还当宝贝似的，可笑极了！看到他如痴如醉的样子，我知道，他这是进入了写作的这个壳，没有从中走出来。

可我不能像他那么呆傻。上苍就给我这短短的五十多天的时间，在这期间，我还有一个事情要做，无论如何，我要把自己化成蝶。

这是一个艰难的蜕变过程。这次的蜕变和前几次的蜕变不一样：那几次只是休眠一下，褪下自己那越来越小的外衣；而这次的蜕变是从一个虫向一只蝶、从爬行向飞舞的转变，它是质的、灵魂的。这次蜕变是漫长的，需要生命的四分之一的时间，在茧壳里的时间里，我好好地思考了自己和今后的道路。我想到了飞翔。啊，那是多么充满诱惑的景象啊。

为了飞翔，为了在天空展开自己的双翅，就是受再大的磨难，值！

我刚化蛹时，体色是淡黄色的，通体嫩软，渐渐地变成黄色、黄褐色或褐色，皮肤也硬起来了。经过大约半个月的时间，当我的身体又开始变软，皮有点起皱并呈土褐色时，我就将羽化成蛾了。

这一次的蜕变让我历尽艰辛，当已成蚕蛾的我啄开茧壳从里面飞出时，你看到的将是一只飞翔的蝶。当然，我专门飞到了闵凡利的书房，看到该同志正在书房里抓耳挠腮，在为一部作品人物的命运绞尽脑汁，在为那个故事的发展挖空心思。我知道，他这样的人，永远生活在他自己编织的茧壳里，走不出来了……

这时身边飞过一只雄性蚕蝶。那是一只英俊的男性，是我心仪的王子，我知道，我得走向他。走向他，我才会交合，才知道交尾的欢乐，我的生命才会饱满，才会充满光彩……

几天后，我产下我的孩子，他们是比芝麻粒还要小很多的受精卵。他们静静地躺在一张纸上，看着他们，我清楚，我的使命完成了。当然，我的时代也终结了；当然，我也很累；当然我真该好好歇歇了。于是，我闭上了眼，我看到了天堂……

我是幸福的

妻子正在用针织着我衣服上的一个破洞。

我从电脑前抬起了头，长长地叹了一口气。哎！

妻子问："累了？"

我又哎了一声。

妻子说："累了就歇歇吧！"

我无奈地笑了笑。

妻子问："你知道前村那个叫宏图的男孩吧？"

我说："知道，我和他爸关系还挺不错的呢。我们都是闵楼联中的学生，他爸比我大两届呢！"

妻子说："你知道吗？宏图死了！"

我一惊，问："怎么回事？那可是一个好孩子啊！"

妻子说："是个好孩子。他在临死之前做了一件事，让我感动了很久。”

我问：“什么事？”

妻子问：“你想听？”

我点了点头。

妻子说：“你也许不知道，宏图得的是白血病。在滕州人民医院住院期间，他和临床的一个叫玫瑰的女孩成了好朋友。玫瑰也是得了和宏图一样的病。在医院治疗的那段日子里，他们两人相互鼓励，共同微笑着面对病魔。终于有一天，医院里告诉他们，病情已经发展到了不可收拾的地步。他们两人就都各自回家了。在宏图和玫瑰分手的时候，两人都哭了。哭过之后，他们两人就手拉手约定了一件事：相互写信报平安，只要收到对方的信，就证明对方还活着，另一方就没有理由不活下去。

“三个月后，玫瑰手里握着宏图的信，满面微笑地离开了尘世。伤痛欲绝的母亲在整理女儿遗物的时候，发现了一大沓已经贴好了邮票还没有寄出的信。其中有一封是专门写给妈妈的。妈妈忙打开了信，在信中玫瑰告诉妈妈：她在住院期间曾和宏图手拉手有过一个约定，那就是相互写信鼓舞对方，以此来度过人生的最后岁月。玫瑰在信中请求妈妈，让妈妈替她履行对宏图的诺言，把她写给宏图的信陆续地寄给他，让宏图知道她玫瑰还活着。

“玫瑰的信陆续地寄完了，玫瑰的母亲就学着玫瑰的手迹给宏图写信。玫瑰的母亲也每周准时地收到宏图的来信。就这样过了半年多，玫瑰的母亲觉得自己有必要见一见宏图，并让他知道，有一个女孩要他好好地活下去！

“玫瑰的母亲来到宏图家，宏图的母亲把她领进了屋，玫瑰的母亲问，‘宏图哪？’宏图的母亲指了指墙。墙上有一个黑色镜框，镜框上蒙着黑纱。镜框中有一个笑得像春天一样美好的男孩。宏图的母亲拿起桌上的一沓信哽咽地说，‘宏图半年前就走了。他临走的时候交代我，让我在每周的周一准时把他写好的信寄给玫瑰，因为那个叫玫瑰的女孩得了和他一样的病，正在家里等着他的信、他的鼓舞！’宏图的母亲说，‘后来宏图写的信寄完了，我就学着宏图的笔迹给玫瑰写信，你看，这是我刚刚写好的……’

“玫瑰的母亲看着桌上写的信，泪唰地流了下来！她流着泪告诉宏图的妈妈，玫瑰已于半年前就走了！宏图每周收到的信，是她替女儿写的……”

妻子讲完这个故事，两眼无言地望着我。妻子的眼里盛满了柔情。我的心一阵激动，我说：“你也歇歇吧！”

妻子点了点头：“你衣服上的这个破洞快织好了。”

我的心热热的，上前握住妻子的手，妻子的手满是老茧。我说：“谢谢你了！”

妻子说：“谢什么，我是你妻子！”

我说：“为了这个家，你累了！”

妻子说："虽然累，比起宏图和玫瑰，我是幸福的！因为，我还和你在一起！"

妻子说这话的时候，脸上荡着笑，那笑是那样的悠远，那样的迷人。

宋朝的爱情

那时的我风姿绰约风情万种，宋朝的水宋朝的土营养非凡，滋润得我婀娜妩媚国色天香。可我是一个妓女。

这是没办法的事。我也不知道为什么来到怡红院的。我只记得小时候家里很穷，那个是我爹的男人领着我来到了怡红院。老鸨给了我那个满脸苍老的爹十吊钱，也就够买一升谷子的。我爹就为这一升谷子的钱把我卖了。

刚开始我是怡红院的一个丫头，是烧火打杂的丫头。当我一发身子时，我就发现人们用异样的眼光打量我，那眼里燃着火，烧得我的脸火辣辣的。也就是从那时起，老鸨对我笑了，对我关心了。后来，老鸨就不让我干丫头的活了，就把我领进绣楼，开始调教我。就是教我媚术。说白了就是怎样迷惑男人，怎样伺候男人，怎样让男人满意。说到底就是怎样让男人心甘情愿地把银子往你身上花。男人其实是很贱的，只要你给男人娇，你给男人媚，再硬的男人，也就软了，也就酥了，也就任你为所欲为了。

后来我就出落成一朵花，成了老鸨手中的一张王牌。从那之后，老鸨待我像娘老子一样，我知道老鸨为什么，因为我要是老鸨的摇钱树了，况且，这树已开花，马上就要结果了。

我是十五那年开的苞。本来十三岁那年就该开的，我不愿意。老鸨说不愿意就再等两年。老鸨说要找一个对得住我的男人。说归说，我明白老鸨为什么迟迟没给我开，就是她一直在等一个肯出得起价的男人。而我也一直在等一个我心仪的男人，想把自己的初次交给他，这是我的福。当然，我的这个想法不会实现，想一想，在大宋的那个时代，谁会关心一个烟花女子的想法呢！最后，给我开苞的是一个非常丑的男人。可他有银子。一有银子，他的丑也就俊了。老鸨捧着那白花花的银子，幸福得把脸开成了一朵花。

我知道这是命，这年月，是命就得认。不认能怎样呢？宋朝的山无语，宋朝的水无语，宋朝那远在汴京的皇上也默默无语。皇上能说什么呢？皇上都自身不保了呢。金人已攻入边关了呢！

就是在这个时候，我认识了将军。他很年轻，是皇上派去抗击金人的。他很彪悍，举手投足之间有着一股男儿的帅气，那帅气是那样的迷人。那天他来到了怡红院，当我第一眼看到他时，我的心就颤了。我那时明白了什么叫一见钟情。

他走向了我。他说明天就上战场了，不然，就没机会了，他就太亏了。我很希望他扑上来抱我亲我。可当他来到我的身边，用手来抱我时，我猛地想起他是大宋的将军。我扬手打了他。我的那一巴掌很重。接着，他的嘴角就爬出一条小红蛇。我说：“你不是军人。你不是大宋的将军！”

他傻了。他真的傻了。他呆呆地望着我。

我说：“我是妓女，可我是大宋的子民。”

他猛然醒悟了。他两眼定定地望着我，他说：“你的这一巴掌让我醒了。好，你等着我，等着我从战场上归来。”

我说：“我等着你。我一定等着你。”

将军走了，将军走得很决绝。在将军出门的那一刻，我叫了一声“将军”。他只是回过了头，说了一句：“你等着我！”

从那时起我一个客也没接。我就等着将军，我不能让将军失望。当然老鸨很失望。老鸨很恼。可这是没办法的事，谁让我答应将军了呢。答应了，就不能变！

金人还是攻进来了。当然这是一个月后的事了。

金兵占据了这个小镇。这儿历来是兵家必争之地。也就在这个时候，我知道将军阵亡了。

将军的侍卫告诉我：“完颜无命太厉害了，无论武功还是谋略都不比将军差。开始两人打了个平手。将军是让金人的头领完颜无命用暗箭射死的。将军光在战场上拼杀了。将军的刀使得好啊，金人的脑瓜就西瓜似的满地滚。将军杀得太开心了，就有些大意，就没有提防暗箭。所以将军就倒在了战场上。将军临死的时候让我给你捎一句话。将军说，他让你等着他，是打算凯旋回去就娶你的。因为你让他知道了自己是将军！”

听到这儿我哇地哭了。我把眼里哭出了血。在那一刻，我擦净了血。我明白，将军的命是哭不回来的。可我还得活着！

也就在这个时候，金人到了怡红院。我看到了那个杀死将军的人。他正被众兵蜂拥着走上我的阁楼。当时我正在看着一把刀子。

那是一把很锋利的刀子。我一直把它放在我的枕下，睡在刀子上，我才会觉得安稳。

当我的门被推开时，我刚把刀子藏好。完颜无命进门就扑向了我。我知道我今天得接纳这个男人。这也是一个优秀的男人，不为什么，就为我是一个妓女！

完颜无命被我的媚术逗得心花怒放。完颜无命屏退了手下。完颜无命上了我的床……

当然，我的刀子刺进完颜无命心口的时候，完颜无命没有想到。完颜无命望着我说了几声“你你你”后就倒下了。完颜无命是睁着眼死的。我知道完颜无命为什么睁着眼，因为他死在了我的手里，他亏啊！

我用刀割下完颜无命的头，把它祭在了将军的灵位前。我说:“将军啊，仇人我替你杀了，你等着我啊，我这就随你去!”

这时门开了，金人进来了。几把刀同时刺进我的身体。那时我就感到一种快感。我知道我已经飞起来了。

当然，这是很久以后的事了。这个小镇的人们为我立了一个牌坊，是铁的。说我是大宋的英雄。其实我不是。我怎么会是呢?我只是大宋一名为爱而死的妓女。

我想，铁牌坊会告诉所有的世人，有一个妓女为了一个自己到死都不知名姓的男人杀了他的敌人，这也就够了，因为，这就是爱啊!

向爱说声对不起

护士路芳报名参加非典治疗护理小组的时候，做梦也没想到她护理的第一个病人是任逍遥。

任逍遥是她大学的同学。在上学的时候路芳就把他装心里了。路芳知道自己的相貌和家境都是一般的，是没资格恋任逍遥的，可自己就是不争气，一个劲地想，没办法，只好偷偷地爱。九年前的一天，那是大学快毕业的时候，路芳约了任逍遥，想把心里的话说给他，不给自己留一生的遗憾。那天，任逍遥去了。任逍遥满面春风，来得匆匆忙忙。任逍遥是来跟她辞别的。任逍遥告诉路芳，全班的同学都辞完行了，就差她了。任逍遥告诉路芳，他明天就要去南方了。南方有他的遇儿。说起遇儿，任逍遥一脸的幸福。遇儿是他的恋人，现在南方的一家公司做白领，要他过去呢！

路芳本来想把自己的心里话告诉任逍遥的。可见任逍遥这么高兴，只好把自己要说的话埋心里了。那次路芳什么也没说，只是听，认真地听。最后路芳流泪了，脸上没有，流心里去了。路芳心里很痛，可脸上却漾着笑，路芳笑着对任逍遥说了句："保重！"

看着任逍遥在自己的眼里越来越小的身影，路芳的泪再也忍不住了，哗哗地流了下来，像雨一样淋湿了她。

任逍遥是路芳这个医院的第一个非典病人。当时路芳不知道是任逍遥。路芳就对院长请缨："我是单身，让我来吧！"

任逍遥住在隔离病房里，发着高烧，处在半昏迷状态。如若不是床牌上写着任逍遥，路芳真不敢相信，如今躺在病床上的这个病人就是她曾经深深爱着的任逍遥。

隔着口罩，路芳发现任逍遥很落魄，全没了在学校时的潇洒。在给任逍遥挂吊瓶时，路芳发现任逍遥眼里蕴着雾。那雾好湿，就像南方的梅雨天，把路芳的心也感染得湿漉漉的。

任逍遥在昏迷中一个劲儿地喊着遇儿的名字。有一次，路芳在给任逍遥换针时，任逍遥一把抓住路芳的手："遇儿，我的遇儿，别离开我！你别离开我！"

路芳的心一下子就揪起来了。路芳把任逍遥的手放在手里："你放心，遇儿不会的。永远不会的。"任逍遥听了就丢开路芳的手，哇地哭了。虽然隔着口罩，路芳发现，任逍遥的泪流得很凶。

由于任逍遥的病看得及时，恢复得很快。他从昏迷中逐渐清醒过来了。这天路芳来给他挂针的时候，等路芳挂上了，任逍遥对她说了句：“谢谢你！”这一句说得很动情。路芳的泪不知怎的就弥漫了眼睛，虽然都是隔着口罩，但任逍遥还是发现了，问：“你怎么了？”路芳摇了摇头，什么也没说，就急忙走开了。路芳知道，她要不走，她会控制不住自己的。因为她知道，她苦苦地等了这么久，都是为了他任逍遥啊！

路芳每天来给任逍遥挂针的时候，任逍遥都是默默地发呆。有次，任逍遥气得把正通着的手机猛地摔到床上，自言自语道：“她怎么会这样呢？她怎么会这样呢？”

有一天，路芳又来给任逍遥挂针，任逍遥说：“我好像在哪里见过你？”路芳想告诉他自己就是路芳，可她没有。她知道，任逍遥病好了就会离开她。说了她会痛苦的。她摇了摇头，又对他笑了笑。

任逍遥也笑了笑：“我虽然看不到你的脸，但你的眼神很像我一个同学。”说到这儿他陷入了沉思，“那是一个非常好的女孩子。我知道她在偷偷地喜欢我。我们毕业的那一天，她约我见面。我清楚她想跟我说什么。但我已经答应另一个女孩子了。我就只好说了很多很多我不想说的话，把她想说的话都给她堵回去了。我知道不该这么做，但我没有别的更好的办法。”

路芳听到这儿心颤了，她的心从没这样抖动过。她明白，如果要是在那个时候，她会激动得眩晕过去。如今，她经了太多，她知道怎样掩饰自己了。

当然，她再怎样掩饰，还是要留下一些痕迹的，好在任逍遥沉入到了过去的追忆中，没在意这些。他接着说：“我毕业后到了遇儿那儿，在她的帮助下到了一家公司去做事。后来我们就结婚了。再后来，我的那家公司倒闭了，我只好到了另一家公司，再从头干起。”

路芳只是默默地听。任逍遥说：“也就是在这个时候，我发现我的遇儿不是以前的遇儿了。我发现她心里藏人了。当然我是感觉的，没有发现她的一点证据。但我不相信，我们可是两小无猜的啊。我们两家原是隔着一条街，她十五岁的那年全家搬走了，但我们的感情却越来越坚固了。她高中毕业后去了南方。从打工开始，后来是蓝领，后来是白领。我却上了大学，先是专科，后来本科，再后来去了她那儿。我们在一起九年了，不知怎么回事，我发觉，我们越过越远，难道，是我们的缘要尽了？！”说到这儿他长叹一声。

路芳知道自己该说些什么了，就说：“别乱想，她是爱你的。”

任逍遥笑着摇了摇头：“你不清楚当她得知我患了非典的表现。她连家门都不让我进啊，只是把衣服从门里给我扔出来，说，‘你走，你快走！你快去医院！’我说，‘也许我这一走不知能不能回来，我想在门口把咱的家再看一眼。’她就是不开门。‘你快走，别让病毒传播了！’她说，‘你是非典，快走，快到医院去，不要感染上我。’我想，要死就死在自己家的土地上。就这样，我回到了我的城市。”说到这儿，任逍遥长叹一声，“我想不明白，难道我们这么多年的感情，就敌不过这点小小的病毒吗？”

任逍遥说：“你知道我多爱她吗？”路芳点了点头，说：“知道，你一直在叫着遇儿的名字。”

任逍遥说：“她叫遇儿。”

路芳说：“你不要胡思乱想，好好养病，你的病马上就快好了。”

任逍遥说：“我非常感谢你，在我生命最艰难最危急的时候，你在陪着我！”

路芳说：“这是我的工作，换成别人，我也一样的！”路芳说完就快步走了出去，她明白，自己要不走出去，一定会当着任逍遥的面哭的。她不能哭，这么多年都忍过来了。一哭，她就会回到从前啊！

路芳又来的时候，任逍遥定定地望着她的眼睛。路芳知道他在看什么。任逍遥说：“你哭了。”

路芳摇了摇头。任逍遥说：“你放心，我会陪着你的！陪你度过这个特殊时期。”路芳说：“谢谢，谢谢你！”

任逍遥的病说好还真是很快，没过几天，高烧就止住了，也不咳嗽了，做X光胸部的阴影症状也渐渐地消失了。当路芳把这一消息告诉任逍遥时，任逍遥紧紧地攥住她的手："谢谢你，谢谢你！"

那一刻路芳有些酥了的感觉，她强撑着自己说："不要谢，我应该的。"接着就走开了。任逍遥在她身后说："我会陪你一起度过这场瘟疫的！"

没过多久，任逍遥的病就完全好了，马上就要离开隔离病房了。离开的那天，任逍遥对路芳说："我说过的话不会变，真的！"

路芳说："你的病好了，家人正等着你回家团聚呢！"

任逍遥摇了摇头："我会陪着你的！"

隔离病房里又来了三个非典疑似病人。原是任逍遥一个，路芳自己一个人就行了，而如今，三个病人了，就有点时间太紧张了。医院暂时腾不出多余的人手来，院长就找路芳谈话，让她暂时多受受累，医院尽快安排。路芳说："好。"

可巧这天是任逍遥出院的日子。路芳正在忙着，任逍遥专门去跟她道别，他说："谢谢，非常感谢你！"路芳只是笑了笑："祝贺你啊！"看着任逍遥那张有着沧桑的脸，路芳的心在疼，她知道，这一别，她和任逍遥不知什么时间再见面，眼光就不由得在任逍遥的脸上多流连了一会儿。当发觉任逍遥也在望着她的时候，她明白自己走神了，就忙把眼光移开，忙自己的事了。在她转身的时候，任逍遥在她身后说："我会回来的。会的。"

本来医院领导要让路芳连班倒的。可临下班的时候，领导告诉她，已经安排好人到这个护理组来了。她可以正常下班了。

来接路芳班的人让路芳意想不到。路芳说："怎么是你？"那个人笑笑："我说过的，我会陪着你的。"

路芳说："你怎么能做护理呢？"

他笑了笑，说："你别忘了，我也是医学院毕业的，并且还是你的同学，路芳！"

路芳一惊："你认出我来了？"

任逍遥说："我早就认出来了。我找你们医院的领导说了，我说你们非典隔离病房不是正需要护理人员吗?我愿义务来做护理。我告诉他们我和你是同学，同在一个学校一个班级。再说我刚患过非典，有免疫力，并且不要你们医院的一分钱。纯属义务。"

路芳听了，眼里的泪再也止不住了:"逍遥，你不该来的啊，你真是太傻了，太傻了呀！"

任逍遥摇了摇头："我很清醒，我知道自己在做什么。"

任逍遥的到来，在路芳心里产生过波澜，可从没像这次这样让路芳震动。路芳知道，逍遥这是在逼她呢。说起来，她是爱逍遥的，身上的每一个细胞都爱，从没像现在这样爱过。路芳发现她现在的心跳比平时快了两倍。

路芳也曾自问，是不是把心里埋了这九年的话告诉他?不要多，就一个字，其实，不说他也是知道的啊！路芳想，也许有些东西是注定的，是你的就是你的，不是你的就不是你的啊！这是命啊！

路芳就把心里的那句话紧紧地埋在最深处。她还是和平时一样，只不过在交接班的时候他们见面。见面的时候她只对他一笑。他也是。

日子就这样一天一天地过去了。转眼间两个月过去了，那三个疑似非典病人也康复出院了。任逍遥知道自己也该把那句话告诉给路芳了，不然他就没有机会了，于是就约了路芳。

路芳来到了任逍遥约定的地方，是一家咖啡馆，任逍遥坐在一个靠窗的地方，路芳在他对面坐下了。任逍遥说："有一句话我一直想告诉你。"

路芳端起咖啡呷了一小口。路芳在等那句话。路芳明明知道那句话是什么，但她还是愿意听任逍遥亲口告诉她。

任逍遥说："说这句话之前，我先要说一句，谢谢你救了我！"

路芳说："救死扶伤，是我的工作。你不要谢我。"

任逍遥说："路芳，这句话九年了，我从没像现在这样，要急于告诉你。"

路芳说："你不要说了，我知道你想说的是什么。"

任逍遥说："我一定要说。"

路芳说：“你说了，我的心会很疼的。”

任逍遥说：“如果不说，我将感觉永远欠你的债——欠你一生一世的啊！”

路芳笑了。路芳说：“过去的都过去了。”

任逍遥说：“我明天就要回南方了，现在要不说，这句话不知又要等多久。”

路芳说：“我早就知道的，你不会留在这儿的。”

任逍遥说：“是的，我也不愿回去，可不回不行啊。路芳啊，你要答应我，我说完这三个字，你不要哭。”

路芳点了点头：“我答应你！”

任逍遥说：“对不起，对不起啊！”

听到这三个字的时候，路芳再也忍不住了，她努力控制九年的泪水一下子涨潮了，一览无余地淹没了她……她喃喃地问：“你为什么要说啊，你为什么要说啊？”

任逍遥没回答，只是把头低着，低得和桌子一样低……

把门开开

“雪从哪里来的？”孩子问。

“冬天。”

“冬天冷吗？”

“冷。”

“雪冷吗？”

……

母亲没有回答。

孩子呢？

女人在找。

终于在校园的一个最偏僻的地方找到了孩子。孩子睡了。妈妈把孩子紧紧搂在怀里，唯恐儿子是鸟，扑棱飞了似的。

爸爸在一旁攥着儿子的小手，轻轻叫着儿子的小名："小虎，小虎……"

小虎醒了。红肿的眼睛畏缩着。

看儿子醒了，妈妈问："小虎，为什么在这儿睡？"

"是啊，小虎，咋不回家？"爸爸也有着很多的疑惑。

小虎看着爸爸妈妈焦急的眼神，哇地哭了："老师说，谁考不了一百分，谁就不是好孩子。我考了九十五分。我不是好孩子。我不回家！"

妈妈的心一颤。爸爸的心一颤。相互对视了一下，就都把目光转向了孩子。

孩子像猫一样蜷在妈妈的怀里。

妈妈用嘴亲了亲孩子的头发。爸爸把孩子的手攥得更紧了。

妈妈用手拍着儿子的头："好孩子是敢回家的；好孩子是这次考不了，下次一定能考得了！"

爸爸望着妈妈，明白了妈妈话里的意思，他用手轻拍儿子的小手："好孩子是诚实的，是敢于承认、敢于改变的，就像你这次考了九十五分。"爸爸知道这样说对孩子是残酷的，可他也明白，这些是孩子要学的东西。

小虎收住泪，趴在妈妈的耳上，悄悄地说："妈妈，我想回家！"

"是吗？"妈妈抱起儿子，把书包递给一旁的丈夫，"走，咱回家！"

回家的路不长，隔着两条街和几个小巷。爸爸接过儿子，紧紧地抱着。

小虎趴在爸爸的肩头，眼睛不停地眨啊眨，像在想着什么事。忽然，小虎偷偷地问："爸爸，我是个好孩子吗？"

爸爸一愣，他不知儿子在想啥，就把话又踢给了儿子："你说呢？"

"我不是。"小虎说，"我没有考到一百分。"

爸爸知道小虎为什么问这个问题了，就说："记住，你一定是好孩子。一定要做个好孩子！"

小虎从爸爸的语气里似乎领悟出了什么，咬着嘴唇点了点头。

家到了。

爸爸放下了儿子。

妈妈掏出钥匙，交给小虎，说："儿子，把门开开。"

儿子接过钥匙就向家门跑去。锁孔高，儿子够不着，就喊了一声妈妈。

妈妈装着没听见，拉了下爸爸要转过去的手，看远天的云。妈妈知道，儿子的眼光是可怜的，是充满求助的。可是这必须让他知道，家虽然近，虽然温暖，可回家也不是容易的。家是一个好地方，可回家也必须要付出努力！爸爸明白了妻子的苦心，就故意不看儿子的表情，用手指着天上的那一块块云给妈妈看："亲爱的，那对云好白啊，你看，像啥？"

妈妈笑着说像羊。爸爸说："不对，像虎。"妈妈摇摇头："不对，像牛。你看，那两个尖尖的是角，那硬硬的是头，那圆鼓有力的是肚子……"小虎扑腾腾地跑去了，和着妈妈的心跳。妈妈忍不住要看，被爸爸拉住了。因为爸爸知道小虎跑去的地方有什么。那里有个小板凳，能垫高儿子的身子。

爸爸发现妈妈的脸虽然转过来了，但眼角还在看着儿子，当看着儿子抱着板凳向门口跑去时，妈妈的泪忍不住了，晶莹莹的，像早晨叶上的露……

锁孔传来钥匙转动的声音，之后，背后传来儿子小虎的声音："爸爸，妈妈，门开了……"

雪　祭

……在那里，一枚针用净水缝着时间……

——孙甘露《信使之函》

一

木把干裂的手伸进破了棉絮的袄。袄由于年岁久远有点弱不禁风，晃晃荡荡尽情飘扬，仿佛风中的一杆旗。

木仰起脸去感觉风，风好狠。木的头发就似冬天的草，很富生命力地塑造着木。向后望一眼，女人在艰难跋涉，逆风而游似水中的一片任性的树叶。

木心里很痛。痛得使他有点厌恶女人。他知道，女人是很乖的。他这样是折磨自己。他想让女人厌恶他，不问为啥，就为他是木。

木稍微缓了脚步，侧转身子看着女人。女人抬起那张脸，用整个眼睛望木。木无语。暗自说了声连他自己也不知道的话。不知是咒骂还是说女人，反正记不清了，让大风刮了，可刮到了女人耳朵里。女人停下，眼里便流出一串珍珠，在两排黑栅栏里饱满、沉重，最后破栏砸在脚下的酥雪里。雪地上便腾起一阵白尘，霎时间无影无踪。

“跟上！”木在前扔过一句话。话很重，如扔在水里的一块石头激起水的漩。女人感到木的腔有些辣，她想问，可没有。

此时天空苍浑暗黄，风越来越狂，雪越来越大，女人跟了上来，和木并排走。女人想抓住木的手。木的手伸进袄里。木埋头走他自己的路。

女人把手缩回。女人就又看眼木。女人发现木和她一般高，女人就挺起了胸。

女人和木像两条鱼，在游。

木瞅着天说：“风真毒！”

女人埋头走路。

木说：“风真毒！”

女人无语，用眼望了望木。

木又说：“风真毒！”

女人知道自己该说一句了，就悠悠地说：“风毒，人更毒！”

木的心一颤。木用眼望了望女人，想望出女人的苦。女人埋头走，木没看出什么。

女人问："快了吗？"

木说："快了。就要快了。"

木的泪就要流。木原来的刚强此刻像被扎破的猪尿泡。

木望着女人，很可怜。

女人仰着头。那是一颗昂起的头。女人的发垂直向后。向后伸去，伸成根根直线，伸成一种决心。

木有点怵。木不明白女人，木真的弄不明白女人了。

二

女人很温柔，像一只小羔羊。木不会忘记娶女人的那天，雪始终下着。木骂了一句天，天还是老样子。雪纷纷扬扬潇洒着，木就不骂，女人在房内。在哭。木不明白女人，哭啥？高兴才是。木就看着女人，女人在看着自己的脚。自己脚上的绣鞋顶部有朵用绒线弄成的球，扑棱棱的，像一团燃烧的火。女人就哭。

木就看着女人。女人没有抬头。木猛地把门开了。门咣啷一声，风杀进屋里，女人一寒。木把门带上，站在了雪里，雪已有膝盖深了。木双手撕着头，仰天长喊，雪像块海绵，很快吸干了他的声音。

女人开了门。女人看着木。木站在雪里，像一株树。

女人说："雪大呢！屋来吧！"

木不动。

女人说："我跟你！"

木抬起头，那是个大雪球。木看女人。女人在笑。笑得很好，笑得眼里晶莹莹的。

"我不哭了，真的，我跟你！"女人又说。

木低头进了屋。女人反手把门关上。女人已铺好了床。木说："你睡吧。你在床上睡。我在地上打个铺。"

女人说："甭了，我和你一起睡！"

木没有吱声。木望着女人，女人真俊。真俊！

三

木知道他一定赢的。那天，梢对他说："我再和你赌。我一定能赢你！真的。"

木笑笑。木说："你没本。"

梢说："我有，真的，我有。"

木说："拿出来！"

梢轻蔑地噘起嘴。梢说："我拿出来，你一定跟玩！"

木说："拿出来！"

梢盯着木，猛地把手插进嘴里。拔出时就是一杆笔。唰唰唰，桌上的纸出现了歪七扭八的一行红字：

梢愿以叶为本。若输，将叶送给木，永不反悔！

×月×日

木呆了。叶是梢的老婆，那个水灵灵的女人，日日夜夜揪他心的女人。他盯着梢，狠狠地擂了梢一拳："你畜生！"

梢爬起来。狠狠地还了木一拳。然后用手指着木的鼻尖说："你不玩才畜生。"说完这句话，梢的嘴角露出笑，很狰狞。

木一字一句地说："好。我，和，你，玩！"

梢点了点头。

木问："赌什么？"

梢说："你的车，财产，房子。"

木问："就这个？"

"这个？太便宜你了。还有，你喝我泡尿。狗样地舔！"

木的眼睛要爆出眼眶，可他忍住了。他点了点头。

四

叶正家里纳鞋底，纳梢的鞋底。梢勾着头进屋。梢对木说："你领走吧！"木没吭声。

叶傻傻地看着两人，两人像两块石头。叶问："什么？什么？你赌了我？"

梢说："你跟他走吧！"

叶问："什么？"

梢说："你跟他走吧！"

叶的嘴唇哆嗦着出了血，叶定定地望着梢。梢也望着叶。叶用正纳的鞋底扇了梢，很响。梢没动。梢的脸上出现了一片生机，像春天长出了一丛草，很嫩。

叶望着木，木的眼光很乱。叶把正纳的鞋底向门外扔去，鞋底画着一道很好看的弧，跌落在雪里。砸得雪很疼，只一会儿，就被雪盖上了。一点也没留痕迹。

叶的眼里就流出了泪，叶擦了。叶对木说:“好，我跟你走。”

门咣啷一声关了，关得很响。震得梢激灵灵地打战。

梢疯了样打开门，追着叶的背影狂叫：“等着我，叶。等着我，我一定把你赢过来！”

雪很大，很快淹没了声音。门大敞着，灌进去的都是雪。

五

木睡了叶。叶给了木享受。木知道男人为什么要女人。木就疼叶。

第二天起床。木拿起刀，狠狠地朝无名指一刀。无名指像颗子弹，飞溅出去，射在墙上。墙被击中了，出现了一点红，像盛开的一朵花，很艳。

叶傻了。叶问：“你……你……你这是何苦呢？”

木说：“我戒！”

叶说：“你这是何苦呢？”

六

叶很满意。但常一人发呆。呆得木来到身旁也不知道。

木问 :“想啥呢? ”

叶看看是木，就笑笑。

木说 :“你和梢是一对。真的，是一对。我不该要你。”

叶说 :“梢不是人。”

木问 :“我呢? ”

叶望望木，既而摇了摇头 :“我不知道。”

七

初春的一天，太阳还有些冷，木从外面来。屋里没了女人，木就找。女人在屋后。一个人正对着一个新堆的“坟”。

木很惊讶 :“谁的? ”

叶说 :“雪的。”

“雪的? ”木很疑惑。他就用目光望叶。

叶点了点头。

木就站在女人身后，残冬的寒意还未消尽，有几丝风冲过来，很猛。木打了个战。

叶说 :“雪和人一样，也是苦虫。”

叶说:“我想让雪干净地走。”说完便有一滴泪从眼里流出，很急。

木说:“这样也好。”木看了眼女人。叶跪在那儿，很虔诚。

木叹了声，走了。

八

木知道这天迟早要来的。

梢从北面来了。三年了，梢衰老了许多。但他眼里的光却比从前更旺盛了。梢先找到木，然后，从腰里扔出一沓钱。梢说：“我能赢你！”

木说：“我戒了。”

梢说：“我一定能赢你！”

木低头看看那截无名指，一股羞涩涌上心头。他望着梢说：“我戒了。真的！”

梢说：“你孬了，你是孬种！”

木说：“我是孬种。”

梢说：“你不配称赌王，你是王八！”

木的泪就要流。木忍着。木问：“你想赢什么？”

梢说：“我要叶！”

木说：“叶本来是你的。我还你！”

梢说：“我要自己赢过来！”

九

风疯狂了。天空挥洒着雪。雪展示着风姿，漫天遍野。

女人开了门，看了看天。雪呛得女人一个趔趄。女人说：“雪这么大，别去了。”木的脸满是激情。但他既而硬下来，他知道，这是为他自己好。木硬硬地说：“不，得去！”

女人从木的冷峻中看出事情的严重性，便麻利地穿好出门的衣物。女人不知道木的葫芦里装的啥药。

叶想，别问了，去了就知道了。叶出了门，又回身锁门。风好大，锁几次才锁好。

木在前边走，走得很慌，慌得连他自己都不知道在干啥。回想刚才的举动，那股莫名其妙的烦不知从哪里来的。总是感觉心里好苦，好痛，很想对一个人大骂一场。女人的那句话很好：风毒，人更毒。是的，木承认。可叶并不知道，毒因为什么。木知道。木的心就疼，就有一滴圆圆的东西从眼里跑出。木明白，这热乎乎的东西是他的尊严，是他的丑。便狠狠地甩了头，想把堵在心口的那团硬东西抛开。他听到那东西吹着嘹亮的哨，重重地摔在风雪里了，砸得雪好响。

十

那个地方终于到了。

门大敞着，那儿站着个男人。男人在笑。笑得好开心，好洪亮。叶看到木听到那笑声，很羞，头低低地垂下了。

叶不明白这是为啥。

叶看明白了是梢。梢比原来老了，老得连她也不敢认了。梢的举止还是老样子，激情还是老样子。叶真想扑过去了，扑上去抱住梢痛痛快快地哭一场，可不知怎的，叶忍住了，叶没动。

叶问：“大雪天的，是你让我来的？”

梢说：“是的。”

叶问：“啥事，说吧！”

梢盯着叶问：“木没告诉你？”

叶就用眼询问木。木的头低着。很孬。

梢说：“记得吗，木领走你的时候，我说过，一定把你赢过来！”

叶说：“你想干什么？”

梢哈哈大笑，猛地抱住叶：“叶，我赢了！”

叶挣扎：“你没赢……”

“不，我赢了，我真的赢了！”

叶大声骂：“放开我，你这个畜生！”

“我赢了，我为什么放开你？”

叶大声喊：“你没赢，你永远都不会赢！”

木站在那儿，树一样。木的嘴角流出血，像条可爱的小红蛇，蜿蜒着爬。

叶尖声叫着，叶的声音很响。木看着梢，梢很兴奋。

木感觉自己脑子里着了一把火，那火在无边无际地燃烧。烧得他好渴，想喝一杯水。木知道，叶是他的一杯水，很甘甜爽口的一杯水。木明白，这杯水是属于他的。木不知道自己在干什么，他想：自己是团火，正需要一杯水。

于是，梢就尖叫着一声倒下了。倒在冰凉的地上。梢的叫声很满足，像终于完成了自己的心愿。

叶很平静地站起来。叶很平静地打了木一个耳光。耳光很重。木听到自己耳朵里有一首歌在唱，很好听。很好听。随后他听到一声巨响，叶躺在了地上。

叶头上流出血。血很好看，像鲜丽的牡丹花。墙上也映现了那朵花，很艳，很美。

木傻了，木抱起叶，叶微微地睁开眼。

木说："叶，我没输。真的，没输！走，咱们回家！咱们回家！"

叶笑了，笑得很动人，很灿烂。叶说："你……输了……你们……都输了……你们……一辈子……也……不……会……赢……"

十一

一年以后，又是生机盎然的冬天。木和梢从各自的地方走来。两人眼里都喷着火，木说："我跟你赌！"

梢说："你输了。"

木说："我和你赌！"

梢说："你赌什么？"

木说："你输了，永远不要到这个坟前来。"

梢的头一沉，既而昂了起来。"我答应你！"

梢问："我赢了呢？"

木说："我会从你眼前走开。永远走开！"

雪花怒放着，漫天遍野书写着纯洁。木抬起了头。木笑了。

木说："我输了。"

梢说："是的，你输了，你终于输了！"

木说："是的，我输了！"

木站在叶的坟前，静静望着坟上的枯草。白雪压着。枯草在风里起伏着，很沉重。

梢无语地望着木。

猛然，梢呆了，木一头撞在叶的碑上。只听轰隆一声，梢被震醒了。

梢什么都明白了。他抱起木，用手抹去木眼中的泪："何必这样呢？何苦呢？"

木摇了摇头。

梢说："我输了……"

木摇了摇头。

梢说："我一定把你和叶埋在一起。真的！"

木满足地闭上了眼。

十二

以后每年的清明，在木和叶的坟前，总有一个人，默默地烧着纸钱。火中就有蝴蝶飞出，那人就很认真地看蝴蝶。看蝴蝶的飞，看蝴蝶的舞……直到太阳落山了，那人才拖着步子，归来处了。

来处在夜里头。

小呀小姐姐

张秀才大号张君瑞，善州人氏。

张秀才生得唇红齿白，貌似潘安，一身儒秀。用现在的话说，帅呆了，酷毙了。

张秀才在善州街上一走，就晃一街人的眼，特别女子，心都不在自己身上了，都随着张秀才一颤一颤地走。

就有很多的女子睡不好觉，吃不香饭。最甚者当属善州城里王员外的千金风儿。

风儿长得不美，个子不高不说，脸上也不整洁，滴滴答答的雀斑像夜空的星辰。眼儿呢，一个大一个小，大的是双眼皮，小的是单眼皮。

风儿知道自己丑。知道丑就明白自己不能爱张秀才。可明白归明白，自己就是不争气，所以风儿心里就很难受，一难受风儿就怨，就怨那次庙会。风儿想，假如没有庙会，自己也许就不会这样了。那天自己怎么就去了呢？真该死呀！

开始是不想去的，庙会有什么赶头呢？拥拥挤挤的。她是小姐，是千金。千金就有很多的讲究，诸如笑不露齿、行不露足等，规矩很多。

可那天风儿心里很乱。乱得她难受，坐卧不安的。怎么会这样烦呢？风儿想不明白，当时只想，也许是春天的缘故吧！后来呢，风儿就走出了绣楼。

后来就去了庙会。是和丫鬟一起偷偷去的。当她俩走到明月酒楼的时候，就见一个胖者拉着一个青年的手，要他留副对联。丫鬟告诉她，那个青年就是善州第一才子张君瑞。风儿听说过张君瑞的事。于是她就注意看那公子。只见那公子眼里闪着光，光很温馨，很暖人。那公子稍一沉思，然后说："七不好八不好九好，喜也吧优也吧喝吧。"张秀才摇着一把纸扇，神采飞扬的，很酷！

看了这一眼风儿就丢不下了。后来风儿摇了很多次的头，想把张秀才甩开，可每次摇过头之后，张秀才不光没甩开，反把自己甩丢了。张秀才反在自己的脑海里更清楚了，特别那眼神。风儿就偷偷地骂自己：小死妮子，你完了。你完了呀！

骂也无用，还是想，想得很厉害，后来就病了。

开始没好意思告诉给爹和娘。话丑，说不出口呢，等到想说时，病就很厉害了。丫鬟就告诉给了王员外。王员外很疼闺女。

老员外一辈子就这么一个闺女，眼珠子似的疼。就差人去张家提亲。回来的人告诉王员外，张秀才在三岁的时候就和城北赵家的闺女定了娃娃亲。

王员外就犯愁。有人就给出了个主意：找一个和张秀才面貌相似的人代替他不就解了小姐的念。王员外一听，对，对呀！

真找了一个。长得和张秀才挺像的，穿起蓝衫，活生生的一个张秀才！

那天王员外就领着那个“张秀才”去见风儿。风儿先是惊了一下，就牢牢地盯着看。看着看着风儿就笑了，很苦地笑，笑得很失望。就给王员外摆手，让那人走。

风儿对爹和娘说：“不是那个人。不是那个人呀！”

娘说是的。爹也说是的。大家都说是的。

风儿说：“娘啊，瞒不了儿的心啊！”

大家就不好再说什么了，就挥了挥手，把那人领走了。

这次，王员外真的犯愁了。风儿的病越来越重，王员外的心越来越疼。没法，老两口就在一天的傍晚，去了张君瑞家。

当时张秀才正在家里读《春秋》，王员外老两口一见张秀才先是在心里颤了一下，想，怪不得，不怨女儿呀！接着就给他跪下了。张秀才就有些措手不及，忙拉。王员外说：“求你个事！”

张秀才说：“快起吧，有什么事咱们好说呀，你这样是在折杀我呢！”

王员外说："去我家去一趟吧，我家的风儿就要毁了呀！"

张秀才只好去了。

风儿看到张秀才，眼里满是惊诧，以为这是在做梦。接着就揉眼睛，才发觉这是真的。风儿眼里就出现一种光芒，像夏日正午的阳光。她向张秀才伸出了一只手，接着又伸出了一只。张秀才看到那双手很瘦，很白。可这一切，都是因为他啊！张秀才的心就开始抖，泪就在眼里汇，接着眼里就结出了两颗珍珠。张秀才就把手伸给了风儿。风儿紧紧地握住了，很幸福。

张秀才这时才感觉她的手是一团火。

张秀才没有吭声，只是他的那粒泪啪地掉下来，被风儿捧在了手上。

风儿笑了笑，对张秀才说："谢谢你，能有你为我流的这粒泪，我就足了，足了……"此时风儿眼里的光正一点一点地烈，一点一点地亮，接着就像断了油的灯捻，什么也没有了。

张秀才只好把手抽了回来。他仔细地看了看自己那双被风儿握住的手，长叹一声："罪过，罪过啊！"

张秀才就给王员外打揖："对不起啊，真的对不起啊！"

王员外看了看自己的女儿，又看了看眼前的张秀才，忙说："你没错的，真的，你一点错都没有！"

张秀才说："我知道我没错。难道我没错就对了吗？"

王员外又看了眼自己的女儿，女儿睡着了，嘴角带着笑，很调皮。王员外说：“这个，我，我不知道。”王员外说的是真心话。

张秀才知道王员外说的是真心话。

第二天，张秀才就去了善州南面的山。

山是悬心山。山上有座庙。

后来，那个庙里的香火很旺。

绝　杀

如蚁进入善州的那天，天正下着雨。

雨很缠绵，极有耐心地下着。如蚁光着头走在雨里，手抚着腰间的寒冰剑。

如蚁踏上悬云山，来到了静心寺的门口。门大敞着，里面很空旷。如蚁心里一激灵。静心寺里有近千僧众，如今了无人迹。如蚁抬头望了一下天，天上无限苍茫。如蚁脸上滚下的是亮晶晶的珠儿。

静心寺里传来悠悠的筝声，和着雨声，很清苦，很凄凉。

弹的是《高山流水》，筝声弹得很老到，很有韵致，但筝声很苦，是那种寻不到知己无奈的苦。

寻着筝声，如蚁来到了一处草庵。庵建造得很简朴，只是用树木和柴草搭成的一个很简陋的住所，上书“去心庵”，与静心寺的雄伟壮观形成了极大的反差。门虚掩着。如蚁停下脚步，仔细地听。此时曲儿换的是《禅院钟声》。

筝声很悠长很久远，又是那样的和平和安宁。如蚁感到了一种静。渐渐地，如蚁感到了一种超脱。如蚁就感觉一种东西在心中发芽，那时，他觉着心中正在悄悄失去一种东西，那种东西是他的命。

如蚁暗叫不好，一按剑，寒冰剑从剑鞘中脱出，但青光只一闪，就被雨打湿了。剑便流下了泪。如蚁一惊，他发觉，他的剑不那么霸气了……

如蚁知道自己之所以是老魔手下的出类拔萃的杀手，关键是他的剑霸气无比。他的剑还阴冷，即使是滚烫的血喷上，也瞬间化成冰片，凝在剑上。

筝声波澜不惊地止了。余声渺渺袅袅地飘，最后虚成了一片空白。如蚁抬头望着庵门，又看了看他的剑，他的泪不知不觉中流了出来。他觉得这样不好，就狠狠地咬紧了牙关，好在雨儿在落，即使有泪，也令人分辨不出。

庵内飘出一句话："来了，就进吧！我等你好久了。"

如蚁把剑还入鞘中。剑龙吟一声，很是凄冷。如蚁一步一步踏上了台阶，每步都走得极有根基。如蚁推开庵门，一老僧背对着他。

老僧说："我知道你早该来的，没想到你来了那么久。"

如蚁没有回答，只是站着，如一尊雕像。

老僧转过身来，如蚁看清了，老僧慈眉善目，脸上都是笑，佛一样。如蚁不由得按了按寒冰剑。

如蚁说："我是杀手。"

老僧双手合十，诵了声："阿弥陀佛。"

如蚁说："你是我最后的一个。"

老僧又唤了句："阿弥陀佛。"

老僧长叹一声："没想到，我是你最后一个，这是我的福了。"

如蚁说："我有一条规矩：就是替我剑下的人做一件事。"

老僧说："天色尚早，现在还不是上路的时候，陪老衲走一盘如何？"

如蚁说："好！"

老僧转身拿过一盘棋。棋是象棋。摆在桌上。

老僧问："执红还是执白？"

如蚁冷冷地说："红或白对我无所谓，我是杀手。"

老僧说："杀手最好个个见红。我想，施主还是执红的好。"

如蚁没有吱声。

老僧说："那你就先行吧！"

如蚁炮拉当门："那我就得罪了。"

老僧看如蚁走的是急胜棋，就摇头苦笑："施主，你躁心太盛，容易输的。”

如蚁说：“我无所谓输赢！”

老僧并不跳马，而是先上象。如蚁炮打了当门卒，然后又出动了车，并把一炮沉入老僧的将底。待机而轰。老僧用的是守势，双车双马都围在将跟，只有炮来来回回地周旋。如蚁想方设法地攻入，无奈老僧守得铁桶般紧，如蚁攻不进去。趁这当儿，老僧的炮打了如蚁前沿上的兵，他的卒在车的护送下一个一个默默地过了河，过河后的卒子们排成了一条线，等如蚁发觉时，他大势已去了。

老僧望着门口，自言自语：“真正的将帅是兵。一个棋手不爱兵，他势必要输的！”

如蚁抬起头望着老僧。老僧说：“其实象棋根本不是争输赢的。它是一种悟。无论你怎样强悍，怎么赢了，但最终还是归于一种开始。一种轮回。”

如蚁望着老僧。老僧说：“盘上的个个子儿都是佛，他们都是生命。”

如蚁说：“我是杀手，我遇佛杀佛。”

老僧说：“施主，看来，你我的缘已尽了。你动手吧！”

老僧端坐着，佛一样地笑着，闭上了眼。

如蚁望着老僧，泪水不知不觉中流了出来。他扑通跪下，极虔诚地磕了一个头。

老僧说：“施主，我是早就该归天的人了。说实在的，我超度了很多人，但就是没有超度我自己。施主，你来超度我吧！”说完眼里便滚出了两滴又黏又稠的泪。

如蚁就凝视他的剑，剑是老魔给他的。老魔给他剑的时候对他说：“记住，你只要接过这把剑，你就不是你了。”

如蚁早就想拥有那把剑。剑是绝世的宝剑，像一条青龙，浑身泛着令人打战的光。

老魔说：“你要记住，剑是你的命。所有在剑下躺下的，都是该杀的。我们是在做善事。”

那天，老魔环视了一下四周，问：“你们谁去杀去心？”四周的杀手都低着头，很孬。

众人都知道：凡是去杀去心的人最终都被去心给超度了。都剃发成了和尚。这是杀手们的耻辱。因为杀手有两个选择：或是杀死他人，或是被他人杀死。但剃发为僧，忏悔自己，那是杀手的奇耻大辱。

老魔环视了手下，叹了一声，那一声很凄凉，很痛苦。

如蚁上前一步：“我去！”

老魔定定地盯着如蚁，好像沉入了一眼井里，很久，才爬上来。

老魔说：“你不能去！”

如蚁说："我是杀手！"

老魔说："你杀不了他。"

如蚁就看了一眼他的剑："我剑下只有该死的人！"

老魔哈哈大笑："好，那我就只好成全你了！"

如蚁双手一拱："谢魔主！"

老魔把如蚁叫到内室。老魔说："想知道我为什么杀去心吗？"

如蚁说："佛魔不能同存。"

老魔说："你只说对了一半，而真正的一半却是为你母亲！"

如蚁不懂："什么，我母亲？"

老魔说："二十三年前，去心勾引你母亲，后来，你母亲为他死了。"

如蚁没有吱声。

老魔说："你杀不了他！"

如蚁问："为什么？"

老魔说："他是你父亲！"

如蚁就看了看剑，在剑光里，如蚁看清了娘。娘在慈祥地笑着。笑得很亲切，很善良。

娘死的那幕如蚁记得清清楚楚。娘死的那天夜里，娘给如蚁讲了一个故事，故事大致是这样的：

从前有个和尚收了两个徒弟，和尚是半路出家，膝下有一女儿。大徒弟和二徒弟都爱上了这个小师妹。可小师妹喜欢的却是比她大很多的大师兄。大师兄为人正直、厚道，心胸宽得能撑船。二师兄虽然待她很好，可小师妹就是不喜欢。后来，老和尚要圆寂了，就把小师妹许给了二师兄，旷世的武功传给了大师兄。小师妹起先不愿意，就跟父亲说，她喜欢的是大师兄。老和尚说："我早看出来了，但是，不这样不行。不然，二师兄会为你着魔的。"

"为什么？"小师妹问，"你就没想到我会着魔吗？"

老和尚就笑了笑："孩子，你的性格我了解，你不会的，但你二师兄他会。你大师兄虽然痛苦，但他能忍。他是成佛的料。我知道这样做是在牺牲你，可人活着不能光为自己，要为众生活着，要超度他们啊！"

小师妹就看父亲的泪。父亲的泪很干净，水晶似的。她只好点了点头。

可小师妹恋着大师兄。天天在一块，痛苦就一天天增长，不知为什么，对二师兄她就是喜欢不起来，多少次她强逼自己，去爱二师兄，去疼他，去亲近他，去把心交给他。可就是不行，她很苦恼，二师兄也就苦恼。二师兄就恼起了大师兄。他认为：小师妹不喜欢他，全是因为大师兄。

后来二师兄打算领着小师妹远走他乡，临走的头天，小师妹去找了大师兄。在大师兄那儿，她过了整整一夜。

当时二师兄没有说什么，可从那时起，二师兄就变了。后来二师兄就变成了一方魔头，他一心想杀死大师兄。无奈他功力不济，连去杀了大师兄三次，都败在了大师兄的手下。

小师妹后来就生了一个孩子，是个男孩。小师妹一直想死，但为了孩子，她忍辱负重，她说她要对得起大师兄。

如蚁当时已懂事了。他就问母亲："那个小男孩呢？"

"那个小男孩叫如蚁。"

"什么？他和我一个名字？"

"对，他和你一个名字。"

给他讲完那个故事的第二天，母亲就死了，母亲好好的，一点病也没有，说死就死了。但母亲交代他的那件事他永远没有忘。

如蚁现在才明白母亲所交代的事是什么，他如今明白了他是谁。他望着老魔，看着寒冰剑说："忠孝不能两全，我只有让我的剑替你回答！"

命运真会捉弄人。从进入善州的那天起，如蚁就后悔了。他问自己：我为什么来呢？我可是来杀自己的亲生父亲……后来他平静了，他知道他是杀手。杀手是什么也没有的，只有剑下淌血的尸体……

从见到老僧的那一刻起，他像是被击中了，他虽然忍着自己，让自己坚强，可是他明白，这已经不行了，因为他下不去手。他明白老魔为什么不让他来的缘故。

也不知道刚才为什么就跪下了，鬼使神差似的。是为老僧跪下的？还是为老魔？是为母亲？还是为他剑下的冤魂？如蚁脑里很乱，像团麻，像善州的羊肉汤一样纷杂。

如蚁望着剑，他想起母亲的那句话……

老僧就感觉青光一闪，他伸出二指，夹住剑刃，无奈剑锋太利。接着他耳边响起了一声塌倒。老僧睁开眼，看到如蚁已倒在身边。

老僧慌忙抱起如蚁："你怎能这样呢？"

如蚁颤颤地叫了声："爹！"

老僧的心一抖，泪就似断线的珠子。老僧唤了声："阿弥陀佛。"

如蚁说："我终于叫了一声爹。"

老僧什么都明白了。老僧泪雨滂沱。

老僧望着门外："你为什么这么狠心呢？"

门外一声大笑："哈哈哈哈……"一黑衣人已站在门口。

老僧问："你为什么这样狠心呢？"

黑衣人说："我是魔。"

老僧问："你也是人！人的良知呢？"

黑衣人说："我不是人，我是魔！"

老僧抬头苦笑："师弟，我早已是无心之人了，你这是何苦呢？"

老魔说："你虽无心，可你有情。我要绝的就是你这个情。"

老僧又唤了一声："阿弥陀佛。"

老魔说："我让如蚁来杀你，临来之前，我将真相告诉了他。"

老僧唤了声："阿弥陀佛。"

老魔说："你为什么不问我为什么把真相告诉他？"

老僧说："你有你的道理。师弟，回头是岸！"

老魔说："你知道的，你不说！"

老僧念了声："阿弥陀佛，罪过罪过。"

老魔说："收起你的把戏吧！佛是什么，你认为佛是伟大的吗？"

老僧说："你心魔太重，你已走火入魔了。"

老魔说："我是魔！"说完哈哈大笑，然后接着说，"我知道如蚁不是你的对手，但如蚁是你的儿子，是你和翠花那个荡妇的儿子。二十年前，你和翠花这个浪女人的孽种。翠花死了，她死得好。如今，你的儿子也死在你的眼前了，哈哈哈……"

老僧又唤了声："阿弥陀佛！"

老魔说："你为什么不给你的儿子报仇呢？"

老僧说："我乃无心之人，恩恩怨怨已如烟云，况且我去日已近，不想双手沾上血腥。"

老魔说："怎么，你真是这样没点儿人味吗？"

老僧说："我乃方外之人，心中只有佛。师弟，一心向佛吧！"

老魔暴跳如雷："你向我报仇啊！"

老僧说："仇，何是仇，我眼中只有空。"

老魔说："如蚁可是你的儿子啊！"

老僧反唇相讥："施主，如蚁也是你的儿子啊！二十年的养育恩啊！"

老魔像被击中了："对，他是我的儿子，是我最疼爱的儿子，但是，为了杀你，却死了，在你跟前死了。"

老僧说："佛超度他到净土中去了。师弟，放下屠刀吧！"

老魔说："我为什么要放下呢？！你认为你的佛就是那么正确吗？告诉你，你也是魔。活在世上的人都是魔。"

老魔疯狂了："想知道咱们为什么是魔吗？"老魔知道，非得用这种方法来对付老僧了，不然他得输，他已输半辈子了，不能再输了，再输，他输不起了。老魔就告诉老僧：起初，这个星球在没有人的时候，空气中飘荡着很多泡泡，里面装的是追求和希望，人们都叫它们为"欲"。后来人出现了，就像戏台上人登场，一个接一个地出来了，每个人出场的时候，都抓住了一个"欲"，并把它们充实到自己的脑子中去。只有这样，人们活得才有意思，才能走完自己的路。有的人抓住一个，强壮的人就抓住一把。只要抓住这个泡泡般的东西，人就变成了魔。

老魔说："我承认我是魔，可你去心难道不是魔吗？你抓住的是'佛'。你为之去参悟去苦想，你就变成了魔，我们都是魔。我们之间没什么区别，没有什么对错，对错是相对成功而言的，成者于侯败者贼，所以说，我要的只是成功。"

老僧说："阿弥陀佛，听你一席话，我算明白了。"

老魔说："你什么也不明白，你如果明白还当什么和尚？你觉得你为之捍卫的是对的东西吗？不是！"

老魔说："这个世界根本就没有真理，真理是长在强者嘴上的。是长在我老魔嘴上的。我也知道我做得过火，但我做得成功，没有人敢说我的错，说我的错他们就得死！你知道这个世界上谁最浑吗？告诉你，就是你苦心超度的佛，就是你一心想成为的佛！"

老僧说："你已彻底成为魔了，不可救药了，阿弥陀佛。"

老僧哈哈大笑一声："咱们都是魔！在你眼里，我是魔，而你在我眼里，也是魔。谁做得对，谁做得都不对。只要他心中有欲，有想法，他就永远做得都不对！"

老僧说："阿弥陀佛。"

黑衣人说："你想清白？你永远也清白不了，你们和尚最虚伪，就说你们清规戒律中的最重要的一条——不许杀生吧，你们哪个没双手沾满血腥？人是生命，种子、蔬菜难道不是吗？野菜、果子难道不是吗？你们活得最苦最累最不真实，所以说你们永远只是和尚而成不了佛！"

老僧听后长呼一声："阿弥陀佛！"

老僧说："师弟，正因为万事皆错才是空，所以我才一心皈依。你为什么给我说这么透呢？你要知道，什么一透就没意思了。说实在的，你若一心向佛，你还有救的。"

老魔仰天大笑："这是一个群魔乱舞的时代，咱们都是魔，你知道你手下的众弟子吗？一夜之间，我都给你瓦解了。他们都有欲，我就给他们各自需要的东西，权、钱、女人、旷世的成功，他们在你这儿压抑得太久了，所以那些东西就紧抓不放。”

老僧的泪长长地流了出来：“师弟，我千方百计想给人们留下一点可归附可信赖的东西，你为什么不让我给下来呢？！人活得太苦了，他们没有寄托、没有向往是活不快乐的。你知道快乐吗？”

老魔说：“收起你的假惺惺吧！人只要有欲，他就永远快乐不了。”

老僧说：“不，人们能快乐！只要一心向善、向美、向真，就一定能获得快乐！”

老魔说：“那是谎话。你已死无葬身之地了。”

老僧唤了声：“阿弥陀佛！”然后，自言自语道，“我该走了，我真的该走了。”

老僧坐化了。

老魔哈哈大笑：“我终于打败了你，我终于打败了你！”老魔扶起如蚁，往他嘴里塞进药丸，但如蚁已无动静了。

老魔看着老僧，看着怀里的如蚁，泪流了出来。他知道，他赢了，可他什么也没有了。他想不明白，难道赢的只是空吗？

老魔望着如蚁，又看了看老僧，老魔知道该做的他都做完了，他只觉脑中一片茫然，心里一片空白，从来没有的空白，在那一瞬间，他觉得自己真虚，就像一个空洞。他猛然感觉活着一点意思也没有了，真的，儿子没了，对手没了，希望没了，目标没了，什么都没了。

老魔就哈哈地笑了，笑得很空茫、很凄凉。笑着笑着，他想起了小师妹，他仿佛看到了小师妹那双忧郁的眼睛。他太爱那双眼睛了，爱得发狂，爱得着魔，正因为爱，他不希望小师妹再看别人。这回，小师妹没看别人，只是望着他定定地看，苦苦地看……老魔知道，那是小师妹在唤他呢！他明白，他该走了。

老魔就又笑了，笑着笑着倒在了老僧的身边。

如蚁醒来的时候，天已经晴了，如蚁看到了两具尸体。老僧佛一样地笑着。老魔也是笑着，看样子，他的笑很痛苦。如蚁摸了摸脖子。他发现，他脖子上的剑口已经结疤了。

如蚁就跪在了两个人的跟前，磕了两个头。

后来天晴了。

再后来，静心寺里又响起了木鱼声，那是一个二十多岁的非常俊秀的和尚，在敲着木鱼，诵经。

活　镖

一柄剑在前方如血的残阳里绽着寒光。

迎风招展的威远镖局的“金镖旗”颤了一下。江湖人称“玉衣金扇”的黄龙风黄总镖头把手一挥，镖队停下了。

黄龙风下马上前，双手抱拳道：“在下威远镖局的黄龙风，向兄台讨个方便，请兄台留下名号，镖清了一定登门叩谢！”

那柄在路中闪着寒光的剑是握在一皂衣人手中的。皂衣人背对黄龙风：“黄镖头，我只想问一下，你所押的囚车可否就是你的镖？”

黄龙风说：“正是！”

皂衣人说：“囚车里押着的可否就是天下第一恶人笑透天？”

黄龙风说：“正是！”

皂衣人说：“黄镖头，你不该走这趟镖！”

黄龙风想了想："是！"

皂衣人说："可你又必须走这趟镖。因为你是威远镖局的黄龙风！"

黄龙风点了点头："是！"

皂衣人说："官府不敢押解的要犯，官府就在善州摆设擂台，谁赢了谁就获得金镖旗，谁就负责把罪犯押解进京。"

黄龙风望了一眼镖车："是！"

皂衣人说："可笑透天是二十八年前杀你一家三十八口，与你有着不共戴天之仇的仇人。"

黄龙风又好像回到二十八年前那个血雨腥风的日子。当时他和义弟公车及哥哥等人在一起捉迷藏，他和义弟刚藏好，笑透天就进家了。笑透天进家后见人杀人见物杀物，不留一个活口。哥哥姐姐等人都被杀死了。他和义弟为此躲过此劫。但笑透天那狂桀的笑声他一辈子也忘不了。

皂衣人说："黄镖头，你为什么不报仇？"

黄龙风叹了一口气，望了一眼金镖旗："现在还不是时候。"

皂衣人说："过了这野狼坡，前方就是京城了。不然你就没有机会了。"

黄龙风说："那是我的事！"

皂衣人说："我现在就要手刃此贼！"

黄龙风说："从善州至此，你知道我一路杀了多少劫镖的吗？"

皂衣人说："我知道，你一共杀了九十九个。"

黄龙风说："你在跟踪我？"

皂衣人说："从你出善州的那天起，我就跟着你了。我知道这一路上定有人能手刃此贼，可我没想到，没人能躲开你的'夺命三扇'。我太小看你了！"

黄龙风说："我只希望在镖车平安地交给刑部尚书寻超寻大人之前，你不要做第一百个！"

皂衣人说："你难道不知道，笑透天只要进了刑部，你就没有机会了吗？"

黄龙风说："我知道。但这是我的事！"

皂衣人看了看剑，然后把剑缓缓举起来："看来，只有用我的剑来了断了。"

黄龙风说："我答应你，我一定手刃此贼！"

皂衣人说："我要的是现在。我现在就要此贼死在我的剑下！"

黄龙风说："他是我的镖。如果你要杀他，除非你从我身上踏过去！"

皂衣人说："好。你出招吧！"

黄龙风说："别逼我动手！"

皂衣人横剑当胸："你出招吧！"

黄龙风从背后抽出夺命金扇。皂衣人先发制人，寒剑挽了个剑花直奔黄龙风的咽喉。黄龙风举扇叩开，金扇迎刃而上，直击对方双目。寒剑左右开弓敲开金扇，皂衣人身随剑走，剑利影疾，枯藤盘枝一样围住黄龙风。两人斗了一百个回合后，皂衣人越战越勇，且招招毒辣。黄龙风明白，要想速战速决，看来只有用他的“临渊三扇”了。想到这儿他纵身一跃，抖开了金扇。江湖上谁人不晓，金扇一开，鬼泣神哭。只见黄龙风一摆身形，身似蛟龙，“玉树临风”“玉树琼枝”“玉衣人来”三招滚滚而来，招招都暗藏玄机。皂衣人躲过前两招，想躲第三招时，没有躲开，被黄龙风一扇击中丹田。就见皂衣人如一只断线的风筝飞出三丈开外。黄龙风忙飞身上去，从怀里掏出一红色药丸塞入皂衣人口中。

皂衣人眼里流出了泪。黄龙风的泪密密地流了下来，抱起皂衣人 :“义弟，你为何苦苦逼我呢？”

皂衣人拉下了面纱 :“师兄，你一定要报仇啊！”

黄龙风说 :“我答应你。”

皂衣人闭上了双目。

黄龙风埋葬了义弟。

黄龙风来到笑透天的身旁 :“我一定让你死在我的扇下。”

笑透天哈哈大笑:“你杀不了我的。你永远也杀不了我的！”

镖队来到京城刑部已是第二天的下午。黄龙风先给刑部尚书寻超寻大人交了镖，接着又来到关押笑透天的牢房。看到黄龙风，笑透天哈哈大笑。

黄龙风说 :“你听着，在你行刑的那天，我一定让你死在我的扇下！”

笑透天眼里满是不屑：“你杀不了我的。你永远也杀不了我的！”

黄龙风说：“我一定让你死在我的扇下！”

笑透天笑得更狂了，笑得牢房的房顶簌簌落尘！

笑透天罪行滔天。刑部寻超寻大人接手后审理得异常快捷。笑透天自出道以来，杀人无数，朝廷大臣就占近百个，二品以上的就有十来个，这其中包括黄龙风的父亲吏部尚书黄昆大人，另有江湖上八大家十大门派的五百余人。正可谓杀人如麻，罄竹难书。不杀不足以平民愤，不杀不足以慰天地！

开刀问斩笑透天是在七日之后的午门外。这天，京城万人空巷。监斩笑透天的是刑部尚书寻超寻大人。

午时三刻，催魂炮响了一声，黄龙风踏着人头跃上了法场。法场上一阵骚动。黄龙风一袭白衣，飘在了寻超的面前。寻大人双目凝视着黄龙风：“黄镖头，你想劫法场吗？”

黄龙风双手抱拳，道：“寻大人，小人有个不情之请，就是让我来手刃此贼，以慰天下惨死于此贼剑下之灵！”

寻大人沉思半晌，说：“好吧，看在令尊的面上，那就由你来行刑吧！”

黄龙风来到笑透天的跟前。笑透天看着黄龙风哈哈大笑。笑透天说:“二十年后，老子又是一条好汉！”说这句话的时候，黄龙风闻到了一股尿臊味。一条小溪正从笑透天的脚下流出。笑透天虽然在笑，但他的眼神很慌很怕，那眼光很散很颤。

黄龙风看看此贼，又看看寻大人，他明白，他只有这样做了。他大喝一声："恶贼，拿命来！"只见金扇一闪，一腔红血喷洒而出，笑透天的人头滚落于地。

当天下午，"天衣无缝"颤九北的门前来了一个人。躺在床上的颤九北说："来了就请进吧。你要是再不来，我可没耐心等了。"

黄龙风忙到了颤九北床前。颤九北全身筋脉寸段，只有胸口还在跳动。

黄龙风问："谁向你施的毒手？"

颤九北笑了一声："你是不是想问今天死在你扇下的人是不是笑透天？"

黄龙风说："是。"

颤九北问："你为何想起了我？"

黄龙风说："谁不知你是天下第一易容高手，能在七日之内给人易容且刀口完好如初的普天下只有你'天衣无缝'颤九北了。"

颤九北问："你是从什么地方发现的破绽？"

黄龙风说："从他的眼神上。"

颤九北说："我现在的时间已不多了，你快点去刑部尚书寻超的府上，那儿有你要找的人。”

黄龙风说：“老前辈，你呢？”

颤九北说：“他们想杀人灭口。多亏了我的‘闭脉大法’，使他们认为我已死去，我才得以逃了出来。我知道你一定会来找我的，所以就在此久等。我已中了‘丹青掌’，还喝了他们的‘夺魂劫魄液’。你快点去吧！”颤九北一口气说完，便泄了真气，就听身上筋脉乒乓爆响。黄龙风忙提气运功。颤九北睁开双眼摇了摇头：“不要再浪费时间了，你快点去吧！”说完自断经脉。黄龙风再拭鼻息，方知，颤九北已魂归佳城。黄龙风双膝跪地，重重地磕了一个头。

寻超的府邸黄龙风小时候来过，当时是随父亲吏部尚书黄昆来的，所以对黄龙风来说不陌生。黄龙风一身皂衣打扮，登脊穿壁，不一会儿就找到了寻超的书房。寻超正和一红衣人对饮。

红衣人问：“今日法场之上，黄龙风可否发现破绽？”

寻超说：“没有。如果黄龙风发现了破绽，他的那一扇就不会下得那么狠！”

红衣人问：“真的狠吗？”

寻超说：“他那一扇，使的可是‘晴天恨海’啊！”

红衣人点了点头。接着红衣人又问：“给我易容的颤九北可否处理干净了？”

寻超说：“这个你放心，他喝了老夫的‘夺魂劫魄液’，又中了老夫的‘丹青掌’，他即使有三条命，我想也活不成了！”

红衣人大笑一声：“寻大人真是滴水不漏。这次可多谢了寻大人！”

寻超说：“咱们还说什么外话？这一次可是委屈你了。不然，咱也不能借黄龙风的手除去那么多武林中人，给万岁爷铲去那么多的后顾之忧。”

红衣人说：“这多亏了寻大人的妙计啊！”

寻超说：“当朝那么多万岁爷的眼中钉都让你给除掉了，你才是万岁爷的大功臣哪！”

红衣人说：“这也多亏大人你呀！”

寻超说：“笑大人到了万岁爷跟前，可要多为我美言啊！”

红衣人说：“那是那是。来，咱们先喝个庆功酒！”说完，红衣人举杯而尽。

寻超也举杯而尽。

接着就见寻超脸色大变，手捂胸口：“你、你、你在我酒里下了毒？”

红衣人说：“寻大人，你知道的太多了！”

寻超问：“你为什么这样做？”

红衣人说：“寻大人，我让你死个明白。这是万岁爷的旨意！”

寻超不相信，指着红衣人：“笑透天，你这是杀人灭口！”

笑透天一掌击在寻超的后心，就见寻超口中喷出一泉黑血，倒地而亡。

笑透天哈哈大笑。那笑声是那么熟悉，那么刺耳。黄龙风知道自己该现身了，便一跃到了笑透天的对面。

笑透天看到黄龙风，哈哈笑了两声，说："黄镖头，你可什么都看到了？"

黄龙风说："是。"

笑透天说："你可什么都知道了？"

黄龙风说："是。"

笑透天说："那你今天就别想活着离开这儿。"

黄龙风说："笑透天，你充当朝廷的鹰犬，恶贯满盈，我说过，我要你死在我的扇下。"

笑透天哈哈大笑："你的武功只及我的八成，你如若和你义弟公车联手方可和我战个平手，可你义弟在野狼坡被你杀死了，你凭什么赢我？"

黄龙风说："我凭的是正义。我凭的是天理！"

笑透天说："这个世界根本没什么正义和天理。正义和天理只不过是皇上统治你们的手段。你要是相信这世上有正义和天理，那太阳就从西边出来！"

黄龙风说："看来，血债只有血来偿了！"说完黄龙风便抖扇而上，笑透天挥剑相迎。两人打了个天昏地暗。五十招过后，黄龙风明显处于下风，他知道该使自己的绝招了，便跃身而起，"临渊三扇"凌厉使出。没想到都被笑透天一一破解。

笑透天说："在你押解的路上，我都把你的扇法进行了研究，特别是'临渊三扇'，我专门研究了破解之法。黄龙风，你还有什么绝招尽快使出，不然，你死定了！"

黄龙风大吃一惊，脸上现出了惊恐的神色。

笑透天说："我说过的，你杀不了我的。你永远也杀不了我的！"说完，笑透天举起剑就向黄龙风刺去。

就听"哎呀"一声，笑透天手中的剑掉在了地上。他转过脸，吃惊地说："怎么是你？"

背后一扇刺入笑透天肋下的不是别人，正是黄龙风在野狼坡亲手杀死的义弟公车。

黄龙风望着地上呻吟的笑透天说："笑透天，我让你死个明白。自从我接镖的那天起，我就知道这里面有着一个阴谋。所以，在护送镖车的一路上，我当着你的面杀了那么多的武林同道，实际上我只是闭了他们的阳穴，目的是演戏给你看。我很明白自己，以我的功力，只及你的八成，我和义弟联手，也只能战个平手。要想战胜你，除非出其不意。所以我和义弟就在野狼坡给你演了一出双簧，目的就是让你对我放松戒心，对我轻敌。实际上我最厉害的一招就是我义弟。"黄龙风话音刚落，就见公车飞身而起，接过黄龙风抛在空中的金扇，"玉树临风""玉树琼枝""玉人归来"铺天盖地，直入笑透天的周身大穴。笑透天连连中招，一口浓血喷涌而出，不一会儿就绝命而亡。

公车一挥金扇，笑透天的人头便滚落于地。黄龙风接过义弟递过的金扇，公车提起笑透天的人头，两人看了一眼紫禁城的方向："走吧。"

两人便消失于茫茫的夜色之中。

死　帖

如蚁从主人手里接过帖时，吃了一惊，因为上面清楚地写着两个字：孟仲。

说起孟仲，如蚁知道，那是善州百年不遇的好官，爱民如子众口皆碑，他到善州不到三年，为善州的老百姓办了很多的实事好事，善州的老百姓称他为“孟青天”。

如蚁也知道，他是个孤儿，自从主人把他抚养成人后，他就不是他了。主人对他倾尽了心血，目的是把他培养成血光门的骄傲，成为当今武林的一代盟主。主人知道如蚁行。

主人知道如蚁的活路，更知道他的脾性。俗语说，知子莫如父，知徒莫如师。如蚁眼里闪出一丝惊讶时，主人已捕蜻蜓一样一下子把正在飞翔的翅膀捏住了。

主人说：“我知道孟知府不该杀，但我接帖了，就该杀。”

如蚁没有说啥，只是低着头，看着脚下的地。

主人说：“不该杀也得杀，我们没有选择的余地。”

说起来，主人一般的活都不交给他。主人手下有很多的杀手。但若交给他，说明这个活非他莫属。

主人看人很准，该谁干的活就谁去，从无差错，所以血光门自从在江湖上露面以来，从没误过帖，逐渐成了江湖上人人闻风丧胆的第一大杀手集团。

如蚁明白，主人很犯难，一般的是接过帖来，主人一看，就吩咐谁去。而今天，主人跟他说了这么多，如蚁知道，主人很难受。

主人说：“孩子，其实这个尘世上的很多人都该杀，可我们杀不了，不该杀的人却都无端端地死了。如蚁，我们都还没有修炼到心如止水，因为我们都还知道什么是好，什么是坏，对于一个杀手来说，这是一种悲哀。”

如蚁没有说啥，只是又看了一下帖。帖上还是那两个字：孟仲。

主人说：“孩子，记住，我们是杀手，接人钱财，替人消灾，这是血光门的规矩。我们这些人生下来就是一部机器，就是一把专门杀人的刀子，我们是不能有感情的。”

如蚁按了一下腰间悬着的玄冰剑。

主人说：“想一想来到尘世的哪一个人不是在受苦呢？人是不愿到这个世界上来的，假如你听到新生婴儿的第一声啼哭，你就会明白这降临是多么的不情愿，是多么的委屈。所以，我们是在帮他们脱离苦海，我们是在帮他们做善事啊！”

如蚁知道主人动了情。因为主人眼里有泪花在晶莹莹地开，那花开得很实。这是从没有的事。

主人说：“我知道你是一个很仁义的杀手，在血光门中，唯有你最有情。你在每一个死者临终前，都替他们做一件事，让他们无牵无挂地走，所以，这个活，我决定让你去干！”

这是个夏初的夜，潮乎乎的风热热闹闹地刮。如蚁来到善州孟仲大人的府邸。孟大人正在书房里挑灯阅文。孟大人看得很入神，如蚁站在他的对面有半炷香了，他也没发觉。

孟大人正在看很厚的谏文。孟大人看后拍案而起，然后骂了一声脏话。然后发现了如蚁。

孟大人很平静。孟大人说：“你来了。”

如蚁没有吭声。

孟大人说：“你是如蚁？”

如蚁说：“我是如蚁。”

孟大人说：“我没想到，你来得这么快。”说完孟大人笑了。孟大人笑得很爽朗。孟大人好像胸有成竹，一点儿也不畏惧。

如蚁说：“你知道我，也说明你知道我的规矩，就是替我剑下之人办一件力所能及的事。你说吧，我不会让你失望。”

孟大人长叹一声：“天已入夏了。你也知道，荆河年年泛滥，关键是荆河两岸河床低矮，承受不了上游汹涌而至的山洪。如若在荆河上游修一道堰闸，汛期时关闭，让荆河上游的洪水直接进小清河流入西边的微山湖，我想就不会有事了。”

如蚁说：“这事与我无关。”

孟大人说：“这事与我有关！”

如蚁不解地望着孟大人。

孟大人说：“我从到善州的那天就知道这儿年年洪水泛滥，荆河两岸的百姓流离失所，无家可归。三年来，我一直有个愿望，就是在荆河的上游筑一道堰闸，无奈，县库房里没有银饷。我当的是一个无用的官啊！”

如蚁看着孟大人。

孟大人眼里渗出了泪：“我知道你是一个仁义的杀手，很多人都怕你，可我不怕你，而且，从到善州任知府的那天起，我就盼着你来杀我了，因为我知道你的规矩。”

如蚁的心动了一下，这个时候，如蚁再仔细看泪花浊红的孟大人时，猛然发现孟大人好眼熟，和他熟识的一个人很相像。

孟大人说：“在我临死之前，我求你一件事，就是给我绑架一个人。”

如蚁问：“谁？”

“黄玉霸！”

如蚁听说过黄玉霸，是善州的大富之家。可以说，整个善州有三分之二是黄玉霸的，况且朝廷里还有亲戚，家中金银珠宝堆积如山。

如蚁问："为什么？"

孟大人说："荆河修堰闸的费用我不想从百姓身上收缴了，况且，收也收不够。我想请你去向黄玉霸要一批银两。有了这批银两，堰闸也就能修起来了。因为我夜观星象，今年善州将有一场百年不遇的洪灾，如若修了堰闸，筑高荆河两岸的河床，今年的洪水也就能治住了，荆河两岸日后就不会再荒凉了。"

如蚁望着孟大人。孟大人向如蚁弯了腰。

孟大人说："为了善州这二十万百姓，我孟仲向你叩首了！"

如蚁把剑按进了鞘。如蚁说："好，我答应你。银两十日之内我给你送来，你的人头我先暂寄你头上十日。"说完，转身而去，瞬间无息。

第二天，孟大人就闻听黄玉霸被绑架了，索要银两五千万两，否则，撕票。

谁敢这么大胆，太岁头上动土，连皇亲也敢绑架。当人们知道是江湖上"鬼见愁"杀手如蚁，都噤若寒蝉，那可是当今天下无人匹敌的第一号杀手。

当然黄玉霸的家人也不是善类，在黑白两道找了很多人，出了很多的银两，可大家都不敢应招，都不敢蹚这趟浑水。谁也不敢拿着自己的脑袋玩。

结果是银两如数送到。

如蚁站在孟大人跟前："银两我已放在你指定的地点，我要办的事办完了。”

孟大人猛地跪下了，给如蚁磕了一个响头，两眼迷离地说：“我代表善州二十万百姓，谢谢你了！”说完，从腰间抽出宝剑，就向脖子抹去。

如蚁伸手捏住了剑锋，孟大人不解。如蚁望着孟大人说：“堰闸完工之际，才是你人头落地之时。为了你的堰闸，我再给你一个月的时间。”

孟大人考虑了一下，说：“好，我一定把这道堰闸筑好。”

如蚁第二次来到孟大人府邸时，那时正下着雨。是一场百年不遇的大雨。孟大人望着如蚁手中的剑，又望了一下天上的雨，说：“再答应我一件事，我想再最后看一眼我的堰闸！”

如蚁的心一动，泪就流了下来。如蚁答应了。

两人来到堰闸上时，荆河上游的洪水如脱缰的疯牛咆哮着撞来。如蚁只感觉脚下一震，接着洪水便乖顺地向小青河流去，看着那垂头丧气的洪水，望着脚下固若金汤的堰闸，孟大人脸上露出了笑容。孟大人说：“我可以放心地走了。”

孟大人说：“如蚁，你出剑吧！”

如蚁很被动，只好抽出剑。如蚁的剑抽得好慢。如蚁望着孟大人。如蚁的剑在抖。

孟大人知道如蚁为什么抖。孟大人就笑了。孟大人就故意说：“如蚁，小心，背后有人。”

如蚁一分神，同时发现，孟大人身后正有一个人向他奔来。这时，孟大人用胸膛向他的剑上撞去。玄冰剑从背后钻了出来，剑尖滴着血。接着，就被雨洗净了，只有剑在雨中凉。

如蚁愣了。

孟大人说："我说过，我不会坏你的规矩。"而此时，远处飞来的蒙面人一下子把孟大人抱住了。蒙面人叫了声："二弟！"

孟大人看了一下蒙面人："哥，我对得起爹娘了。"

蒙面人拉下了面巾，如蚁傻了：蒙面人是主人。

如蚁呆了。

孟大人说："哥，那个帖是我差人送给你的。只有这样，堰闸才会修起来。我谢谢你了。"

孟大人说："哥，知道我为什么修这个堰闸吗？"

主人其实知道弟弟为什么修这个堰闸，可主人还是摇了摇头。

孟大人说："我这是在为你赎罪啊！"

孟大人说："哥，洗手吧！"主人看着弟弟，孟大人像是睡了。很满足。主人又看了一下如蚁。如蚁在看着剑。如蚁的剑在雨中流泪。

主人望着雨，叫了一声："天啊！"

大雨滂沱，真是一场好雨！

弯腰吃草

一只羊儿，白色的，领着只羔儿，也是白色的，在草丛中低头吃草。在饱她的奶。奶水足了，羔儿才能幸福地长。

那儿的草不肥，黄黄的，营养不良的样子。羊儿弯着腰。为了吃草，羊儿在很久之前就把腰弯了，把腰和腿索性弯成了直角。羊的头伸得很长，在草丛中找可口的草。羊吃得很认真，一口一口，嚼得很仔细。小女人似的。有蜻蜓站在一株草上，累得草一弯一弯挺着身子。蜻蜓瞪着双大眼睛，看着羊儿的嘴，一剪一剪的，草儿流出绿绿的汁。来来回回蹦跳着的蚂蚱知道，那是血。草的血。

羔儿不知道，蹦蹦跳跳的年龄里满是新奇，草是好东西，奶样的香。羔儿的唇嚼着草的绿，草的香。羔儿只有稚嫩的唇，牙还软，叶上就残着羔儿的口水，有着羊儿的奶香。

羊儿默默地吃草，在这个日子，只有吃草才是它活着的全部。羊儿感觉有些累了，就慈祥地看着羔儿，羔儿在调皮，在撒欢。一条蛇蜿蜒而来，蛇是红色的，它被羔儿的欢乐感染了，也想来分享一下。可羔儿怕，慌慌地藏在娘的身下，只留下两只眼睛惊惊地望。蛇想，怕啥呢，咱们是邻居。就往羊跟前凑，吐着舌头想和羊说话。羊儿叫了一声。那叫声很严厉。那叫声是在说："你吓着我的孩子了！"蛇想告诉羊，咱们住地很近的。羊却拒绝了它。羊儿说："你走吧，我的孩子还小，怕你呢！"蛇有点不想离开，蛇想，我没得罪你，干吗这么凶呢！羊儿不客气了，伸出了两只角，瞪着两只眼，眼瞪得很圆。蛇很生气，只好转过身，扭着女人一样的腰，一步三摆地走了。

羊儿用舌头轻舔着羔儿。羔儿偎在羊的怀里，羔儿满眼的恐惧。羊儿爱怜地看着羔儿，羊儿看羔儿那咚咚心跳的样子，很心疼。

有风徐徐流来，水样梳着羊儿的毛发。羔儿渐渐忘却了刚才的恐慌，又幸福地玩去了。羊儿看着羔儿，羊儿很高兴。因为羔儿毕竟不再怕了。

天上有云在飘，白色的，一群一群的。羊儿抬头叫了几声。羊儿觉得很美，仿佛谁在天上牧着它们，让它们愉快地吃草。

吃草是为什么呢？是为了长肥长大。长肥长大是为什么呢？羊儿不敢想了。一想羊儿的泪就要流。羊儿想，想那么多干啥呢？自己的先人不都是这样一步一步走过来的吗？它们之中肯定有很多的智者，可最终怎样了？羊儿想，也许这就是人所说的“命”？羊儿信。

羊儿想，还是教羔儿怎么吃草吧！草是好东西，管肚子不饿，管自己长大。羊儿想，自己这辈子，也就是吃草的过程。有时羊儿就看着那些折腾的羊想：别能了，你比谁也高明不到哪去，别觉得一能就不是羊了，憨呢！

羊儿发现这儿的草吃得差不多了，便抬头喊了一声。牧羊的是个十二三岁的男孩，听到了，看了一下羊儿。男孩正在追着一只大蚂蚱。蚂蚱们惶惶地飞，鲜活了这块草地，使这块草地满是了内容。男孩手里拿着用草茎串着的一穗蚂蚱，就像田里沉甸甸的谷儿。羊儿又叫了一声。男孩这次仔细看了羊儿。男孩发现羊儿四周的草光剩下光秃秃的梗，梗硬硬地戳着天。男孩知道，该给羊儿换个地方了。

男孩又找了一个草茂的地方，比前块草地好一些。羊儿知道肚子没饱，便认真地吃。羊儿弄不明白的是，本觉得饱了，怎么一泡尿下去，肚子又瘪了。羊儿想，只要活着，就得不停地吃草，永远地弯腰吗？

男孩把羊拴牢又去追蚂蚱了。羊儿望着男孩，满眼的羡慕。羊儿弄不明白，他怎么就该牵着我呢？是因为我太温存了？太善良了？羊儿想不通，难道善良就该被人用绳牵着过？就该被人欺负？羊儿想不通。

羊儿想，这个造物主真是不公道。有很多的东西，从一出世就注定了。抛开自己不说，就说地上这些开着红花、蓝花的草吧，长在这儿，碍着谁了？却要被嘴巴吃掉。也是很残酷的，下场也是很可怜的，羊儿的心颤了，就默默地对着草说：“对不起呀对不起。”

羊儿觉得自己的肚子圆了，饱了。抬头望了一下太阳，太阳活在西天上，像一个熟透的香瓜，熏得整个天地都金灿灿的香。羊儿皱着鼻子嗅了几嗅，真美！

男孩跑了过来。男孩手里捉了几串蚂蚱，有大的有小的，还有怀着崽儿的。蚂蚱串在草茎上，在做垂死挣扎。有几个把脖子都拧断了，勇士一样死在男孩的脚下。男孩没有看到，只是牵着羊走在回家的路上。男孩一边走一边想，让娘把蚂蚱用油炸了，又是爹的一顿下酒菜！

羊儿匆匆跟着男孩走。

羊儿是不愿走进男孩家的。羊儿知道，男孩家有把刀子，很长的一把尖刀，正灼灼放光呢！

伤心的小米

小米那天去南洼地摘绿豆角了。小米娘正在家里给猪拌食。那时太阳似落似不落的。

小米娘一手拿着个铁勺子，一手端着只瓢。瓢是葫芦瓢，里面盛的是棒子面。小米娘一面搅着，一面往饲料里倒棒子面。搅得正起劲，门外有人喊，嗓门很高："大妹子在家吗？"

小米娘一听那动静就知道是谁了。这样的好嗓门村里少得稀罕，只花喜鹊有。花喜鹊是村主任四柱的媳妇，能喳喳，喳喳起来三五里都听得清。小米娘答话了："在。"

花喜鹊就飞进了小米的家。小米娘说："四嫂，哪阵风把你吹来了？"说着忙进屋端出一个板凳，用毛巾擦了，放到了花喜鹊跟前。

花喜鹊说："大妹子，我是无事不登三宝殿，今天来，是专给你说一件事的。”

小米娘问：“什么事？”

花喜鹊说：“来给咱家妮子做个媒。”

小米娘问哪个村的，花喜鹊说：“我娘家的一个侄子。”

小米娘不吭声了，因为花喜鹊的娘家侄子她见过，是来帮四柱干活，长得猪头狗耳朵，没多大的看相，小米娘当时就想，怎么没一个随他姑的？花喜鹊长得那可是全村数得着的，又俊俏又泼辣。小米娘就笑笑，不吱声。

花喜鹊一看小米娘不表态，就知道小米娘心里想啥了，就说：“大妹子，我这个侄子是远房侄子，没到我这儿干过活。”

小米娘问：“小孩长得怎样？”

花喜鹊说：“这孩子长得鼻是鼻子眼是眼，小孩吃糖，绝了。”

小米娘又问：“家里怎样？”

花喜鹊说：“大妹子，要说家庭，你是打着灯笼也难找，他爹在咱县焦化厂上班，小孩头段时间买了辆面包车，现在跑出租，挣钱可海了。”

小米娘说：“我不是说家穷家富，日子在人过。我是问家里有没有遗传病什么的。小米他爹的气管炎，我可是受够了。”

花喜鹊说：“这个你把心放肚里，小孩的爷爷奶奶今年都九十多了，还吃花生米，牙口好，身子还壮，走路都不拄拐杖，看那个样，再活十年八年也没问题。”

小米娘说：“那人家的条件这么好，能愿意咱小米？”

花喜鹊说："实话对你说吧，俺侄子是相中咱家小米了。"

小米娘不解地问："他见过小米？"

"见过见过。"花喜鹊说，"那天我去镇上，回来就是俺侄子开车送我回来的，在咱村头上，看见咱家小米了，他问我，'这个女孩认识吗？'我说，'认识，叫小米，是俺村的。'他说，'这个小女孩长得真帅，谁要娶了她做老婆可是前世修来的福。'我问他，'你看上了？'他给我不好意思地笑了笑。大妹子，咱们都是过来人，这些小毛孩子还能瞒咱的眼？"

小米娘说："不一定。说不定人家小伙子早就有对象了，你想想，长得又漂亮，家庭条件又不孬，小妮子还不跟成一大串？"

花喜鹊说："这孩子眼光高，一般的都看不上，我听我嫂子说了，这孩子到现在见了最少也有五大桌外带五个端大盘的，就没有一个相中的，你说怪不？"

小米娘说："是怪，那怎么了？"

花喜鹊说："大妹子，这就是缘分。你想想，那么多人都没看上，为啥见了咱家小米一回就念念不忘了？昨天我又遇见了我那侄子，他问我，'小米有对象了吗？'我说不知道。他对我说，'姑，若要没有，你给我介绍一下，中不？'所以我今天来了。"

小米娘说："小米刚下学，今年才十九，年龄小呢！"

花喜鹊说："小什么？大妹子，我那侄子今年也不大，接新年才二十二，不行就让他们见一面，愿不愿意咱再说。”

小米娘说：“我得给小米说说，好让孩子知道。”

花喜鹊说：“这样吧，事快不宜迟，不行咱就定在今晚，让他俩见个面，行不？”

小米娘说：“这样快不？”

花喜鹊说：“不快，就这样了，你给小米说，我上娘家去一趟，让他们今晚见个面，愿不愿意那是他俩的事了！”

小米娘无可奈何地说：“那就这样吧。”

小米娘跟花喜鹊定这件事的时候，小米正在地里摘绿豆角。绿豆角种得不多，有二分地，不一会儿小米就摘完了，小米看看天，太阳像个落蒂的瓜，小米就拍打拍打身子，挎着篮子往家来了。

这是秋天的黄昏，咱们的小米走在回家的路上。小米走在路上就想，自己真亏，只差个两分就考上了。

小米想，要是考上了，我今天就不来南洼摘绿豆角了。谁让我没考上呢？小米想，这两分怎么就这么难考呢？小米想，我要多考了两分，我小米就不是今天的小米啦。

小米正想着这些事，就听到身后有铃铛响，小米本能地躲到一边，心想，在学校里这几年死拼硬拼最终还没考上，要是差得多，还好说，现在只差两分，真亏。

小米猛地想起还有一个比她更亏的，那就是她的同桌高杰，高杰只差半分。你说这半分在哪儿弄不出来？小米想，自己比起高杰来还算是不亏的。高杰才叫亏呢！

“这不是小米？”后边响铃铛的自行车在她跟前停住了。

小米抬头一看，是高杰，便说：“你干什么去了，高杰？”

高杰说：“我去镇上，你摘绿豆角？”

小米“嗯”了声。

高杰问：“小米，你还补习吗？”

小米说：“不补习了。再补也不一定考上。”

小米说：“高杰你应该补习，说不定明年就能考上。”

“家里不让。”高杰说，“我想在家养银耳，说实在的，当个专业户也不错的！”

小米说：“那你不考了？”

高杰说：“考上也没多少意思，再说了，明年也不一定能考上。不如当个万元户实惠！”

小米不吱声了。高杰问：“小米，你打算今后做点啥？”

小米不好意思地笑了笑：“我还没考虑。”

“你们女孩子就比我们男孩子好，什么事都不用考虑，不像我们，不考虑不行，以后找对象都费难！”高杰猛地想起啥似的，说，“小米，今晚上俺村有电影，你去看吗？”

小米问：“演什么片子？”

高杰说：“听说是香港的武打片，正在城里电影院里卖票，被俺村的硬抢来了。你来看吧！”

小米问：“真是好片子？”

高杰说："我什么时候哄过你？今天是俺村'一把手'的大公子结婚，你想能有孬片子？"

小米说："要真是好片子我就去看。"

高杰说："我给你拿好板凳，专等着你。"

小米说："这段时间在家可闷了，正好出去散散心。"

高杰说："就这样说定了。不见不散。"

小米说："好，不见不散。"

小米回到家时，天快上黑影了。小米娘在家等烦了，见小米进家了，就说："妮子，快换你那身新衣服，晚上有事。"

小米问："娘，什么事？"

小米娘说："相亲。"

小米一听相亲就有些慌。小米真有些慌了。小米说："不嘛！"

小米娘问："怎么了，妮？"

小米说："不嘛，人家不嘛！"

小米娘说："憨妮子，男大当婚，女大当嫁，人人都得走这步，害啥子羞呢！"

小米说："娘，我还小呢！"

小米娘说："小吗？都快二十的大闺女了，要搁在旧社会，都成几个孩子的妈了，你们都是托新社会的福，都让新社会惯的！"

小米想告诉娘，她已答应高杰去他们村看电影了，可话不好出口呢！

小米娘说："是你四柱婶来说的媒，要是旁人来说，娘就给你推了，你四柱叔是村主任呢，得给你四柱婶个面子，知道吗，妮？"

小米娘说："你见个面就中，愿不愿意我好有话说，不然，我不好交代呢！"

小米说："娘。"

小米娘问："啥事，妮？"

小米想告诉娘她答应高杰去看电影呢！话到了嘴头又咽了下去。小米很为难。

小米娘问："怎么了，妮？"

小米只好说："那就听娘的，见一面吧。"

见面是在四柱家。小伙子是开着面包车来的，车停在四柱家门口，很扎眼。小米进了门，看见四柱正在和小伙子拉呱。四柱家的灯很亮，亮得有些耀眼。花喜鹊领着小米，四柱看见小米进来了，就说："小米来了！"

小米说："来了，四叔。"

小米就用眼瞟了一眼小伙子，小伙子穿着白褂头，褂头的下摆都束进了裤子里，显得干净简洁，还有就是小伙子长得不错，小米感到看了很悦目。

花喜鹊忙拉起四柱："你看你，也不看眼色，让孩子们谈，咱出去。"

四柱忙站起，反手拿了个凹腰的玻璃茶杯："对对对，你们谈你们谈。"

小米见四柱出去了，就和小伙子对视一笑。小伙子问："你叫什么名字？"

小米说："我叫小米，你呢？"

"我叫王玉。"

王玉说："听说你只差了两分就考上大学了？"

小米说："是的，只差两分。"

王玉说："怪可惜的，你该再补习一年，说不定就考上了。"

小米说："不补习了，再补习也不一定能考上呢！"

王玉说："那不一定。你不像我，离分数线远。我头一次离分数线十分，又补习了一年，你猜怎样？"

小米说："怎样？还差五分！"

王玉说："差五分就好了。这次差了二十分。补习了一年不光没接近分数线，反而离得更远了。这一年算是浪费糟蹋啦！"

小米说："怎会这样呢？"

王玉说："我也不知道。"

……

半个小时后，花喜鹊进屋了，小米的娘也来了。花喜鹊对王玉说："这个叫婶子。"

王玉就叫了一声婶子。小米娘看着小伙子，心里蛮受用，说实在的，小伙子的长相是不错的，小米娘明白花喜鹊没骗她。

她对花喜鹊说："他四婶子，就这样吧！"说完，就领着小米出来了。

出了门，小米娘低声问小米："米，你看着怎样？"

小米说："什么怎样？"

小米娘说："憨妮子，这个小伙子长得怎样？"

小米说："蛮不错的。"

小米娘说："能谈得来吗？"

小米一笑，说："马马虎虎。"

小米娘也满意地点了点头。

没过几天，小米就和王玉进城了。进城买几件衣服，算是把亲定下了。那天，王玉用面包车把小米送到了家。小米在车上兴高采烈，脸上溢满了笑。

过了秋就是冬，接着就是春。二月二，王玉家差人来要媳妇了。小米娘觉得小米小，想再等一年，可王家一个劲地来要，没法，小米娘只好应了："行，行，那就定在秋里吧！"

过了夏就是秋。小米的婚期一天天临近。这天小米去乡里买自己嫁妆上的小东西，刚买了两个大红枕头又买了两个带双喜的盆，就见高杰迎面而来。小米想躲见躲不了，就硬着头皮叫了声高杰，高杰一见是小米，很是兴奋，见小米手里拿着那些东西，脸就有些难看了，发白，就问小米："给谁买？"

小米不好意思说是给自己就撒谎说："给人家买的。"

高杰的脸色就慢慢恢复了红润，就问："那天，你怎么没去看电影？”

小米脸红了，只好说：“那天我有一点事。”

高杰问：“什么事？”

小米说：“也不是什么大不了的事。”

高杰说：“那天我等到电影散场了还没见你，我是最后一个离开电影场的。那时，我就知道，你一定是有事，不然，你一定会来的。”

小米就觉得心里一酸。她明白高杰的心情，等不到人的心情那是非常难受和痛苦的。小米就说：“对不起，我那天真有事。”

高杰说：“不要说对不起，谁没有事呢？对了，我去年养了两季银耳，今年又开始种了蘑菇，这一年多我挣了四千多块呢！”

小米说：“你真行。”

高杰说：“我下一步想搞大一点的，我想建个塑料大棚，一年四季都养，那样，一年最少能挣两三万块。”

小米不相信：“真能挣这么多？”

高杰说：“能。我心里有数，只要把握得好，还不止这个数呢！”

高杰猛地像想起啥似的问：“小米，你今晚能抽出一点空吗？”

小米说：“你有什么事吗？”

高杰脸红了：“我想和你在一块拉拉呱，好长时间没见了，有一些话想给你说说。”

小米说：“只要没有很大的事，我会去的。”

高杰说:“八点钟在你家村前的那棵大槐树下。不见不散。”

小米说：“就这样吧，不见不散。”

高杰走远了。小米就望着他的背影，心想：有些话真该给高杰说说了。

小米回到家的时候，王玉已在家等了一大会子了。王玉说:“小米，咱一起去买彩电，你跟着去，挑个合眼的好样式。”

小米说：“你看着好就中了，我又不懂，跟着和不跟着一个样，就不要去了。”

王玉说：“就这个机会再给你添两身衣服，那天要穿的。”

小米看着王玉可怜兮兮的样子，怪不忍的，想了想只好答应了。

小米那天没有回家，小米是第二天才回家的。没过几天，小米就出嫁了。

小米的婚事办得很场面，四柱出头张罗的，当成了村里的一件大事。小米娘就感觉脸又宽了不少。那天，她脸上的笑一直像不败的塑料花那么开着。

小米罩上蒙面红子的时候，她一直不知道自己在干什么。她知道自己要走了，要重新跟一个人过日子，小米说不出是高兴还是难过，她就觉得有点对不起高杰。高杰约了她两次，两次都是因为王玉，没能和高杰见面，她想，也许，这是人们所说的命吧！

三天后新媳妇回娘家。回到村西，小米和高杰相遇了，当时小米坐着王玉的车。

小米看到高杰骑着三轮车，正费力地蹬着，小米就叫王玉停车，王玉就把车停了。

小米下了车，高杰看见是小米，还是像以前的样子，对她笑了笑。小米问：“干什么去？”

高杰说：“我去卖银耳去，你回娘家？”

小米点了点头，小米想再说些什么，高杰说：“小米，快回家吧，我还得去卖银耳，咱们有时间再拉呱。”说完，高杰就一笑。笑的时候，高杰眼里汪汪的。

小米心一酸：“就你自己去？”

高杰说：“没事的，我行。”

高杰就走了。

两年后，小米有了个女孩。有一天，王玉望着正在奶娃的小米说：“小米，我怎感觉你不是以前的小米了？”

小米问：“我怎不是从前的小米了？”

王玉说：“我也不知道。”

“你呀……”小米想说出来王玉的疑惑，想了想，小米没说。

小米就看着王玉木木地望着她。小米一笑：“我以前是小米，现在是你的媳妇了。你想，这能一样吗？”

王玉想了想：“也许是这样吧！”

后来王玉把车卖了，用那个钱托人走关系，在县化肥厂买了个工。王玉成正式工人了，脾气似乎比从前大了许多。小米开始没在意，就忍着，心想上了一天的班，再骑大老远的车赶回来，累呢！就尽量把一些家里活自己揽着，少让王玉干。后来，王玉就对小米说，厂里离家远，他不能天天回来，想隔两天回一趟。

小米想，天天回家，怪辛苦的，就说行，隔两天回一次吧！

王玉就两三天回一次，时间长了，四五天回一次，再时间长了，就一个星期回一次家。回家了，小米就当爷似的侍候。可王玉却横竖地鸡蛋里挑骨头。有次，小米实在不忍了，就和王玉顶了，王玉的气很大，小米的气也很大，最后王玉说："咱个日子没法过了，不行就离婚！"

小米就提醒王玉："当时可是你上门去求的媒。"小米把"求"字说得很重。

"当时是当时，现在是现在。"王玉说完，就骑车走了。

一个多月了，王玉也没回家了。小米可沉不住气了，小孩又赶在那几天不好。家里一摊子，外头一摊子，把小米忙得焦头烂额。再说，小孩看病她兜里没有钱，本来说啥也不去求王玉的，但现在不行了，她只好把孩子托付给婆婆，进城了。

到了化肥厂，一问，王玉不在班上，他上的是夜班。经打听才知，他在城南郊租了一处房子，小米敲开门时，见王玉和一个女人都睡眼蒙眬的刚醒，正在洗漱。

小米气得泪唰地流下来。她上前扇了王玉一巴掌:“畜生!”说完小米扭头就回。

小米回家没多久，王玉就回家了。王玉回家了什么也不说，只是吸烟，小米就骂，王玉只是低着头。

王玉见小米骂累了，就说：“小米你也看见了，我和她在一起也不是一天了，当初我卖车就是为了她，咱们还是离了吧！”

小米想了很久，没有说离还是不离。王玉最后说：“你离也好，不离也好，反正你别指望我和你在一起过一辈子！”

小米不吱声，只是哭。

王玉说：“说实在的，是我欠你的，只要离了婚，这个家都归你。”

小米最后把泪一抹：“我什么也不要，只要我女儿。”

小米抱着女儿回家也是在秋日的一个黄昏，那时的太阳似落似不落的，一地金黄。小米身后背着包袱，前怀抱着孩子，孩子会叫妈妈了，小嘴很甜，一路“妈妈、妈妈”的叫个不停，叫得小米眼里汪汪的。来到村头时，小米见前面来了一辆机动三轮车，小米忙把头低了，躲到了路边。

三轮车来到她跟前停住了，就听一个熟悉的声音问：“这不是小米吗？”小米不好不抬头了，一看是高杰。车上拉着个女人，女人在车上坐着，女人长得挺俊俏。

高杰问：“小米，回娘家？”

小米说：“嗯。”

高杰问："你对象没送你？"

小米的泪就要落。小米就笑笑，什么也没说。

高杰没有注意到这些，就介绍说："这是我对象，小麦，这个是我的同学小米。"

小麦就点头，点着头笑了笑。小米就还着点头，笑。

高杰说："小米，我俩去医院，她过几天就要生了。"小米就看到小麦脸红着很幸福，有点羡慕小麦。

高杰说："小米，没事的时候，咱老同学再在一起拉呱，我们走了。"

小米就给高杰和小麦摆手，小米看到小麦很满足地坐在车上，小米眼里的泪就要落。

小米想，假如那天我要去看电影，假如那天我要去老槐树下，也许今天坐在高杰车上的不是小麦，而是我小米了。

越想小米越难过，小米的泪本打算都往心里流的，这回，却流了出来，湿了脸。

葱　儿

从前有座山，山上有座庙。庙里有两个和尚，一个老一个小，老的多大岁数了，不知道，反正胡子又白又长；小的呢不大，十四五岁的样子，长得很俊，眉清目秀的。

庙前有条河，岸边有户人家，住着爷俩。爷爷清骨瘦须，一身儒雅。小的呢，叫葱儿，十二三岁，很调皮。没事的时候，爷爷就常常带着孙女葱儿到庙上找老和尚手谈。手谈就是下围棋。两位老人手谈的时候，葱儿就和小和尚玩。

那时庙前的河水常年不停地流。水也不深，齐着膝盖，鱼在里面欢欢地游，很快乐，在太阳下一闪一闪的，仿佛水里镶了很多的碎镜片，照得两岸花花的白。

那次爷爷又来和老和尚手谈。葱儿就拉着小和尚下河摸鱼。葱儿把裤腿卷得高高的，露着藕一样的腿，鱼肚皮一样，晃着小和尚的眼。小和尚说:“你的腿真好看。”葱儿问:“真的?”小和尚说:“真的。”葱儿说:“你也好看。”小和尚摇了摇头:“我不好看。”葱儿说:“好看。真的好看。”小和尚问:“我哪儿好看?”葱儿说:“你的头,圆圆的,光光的。”葱儿说完就嘻嘻地笑了。小和尚就有点儿生气了。小和尚说:“你这是在笑话我呢,笑话我是和尚!”葱儿见小和尚生气了,就趁他不注意,在他脸上叭的一下,亲了一口。亲得小和尚心里麻麻的,很受用。小和尚觉得这样真好,就说:“再来一个,我才不生气。”葱儿就又在小和尚那边的腮上亲了一下。小和尚用手摸着脸,很幸福地望着葱儿。葱儿也甜甜地看着他。小和尚像想起什么似的:“以后,你就光亲我一个,不亲别人,行吗?”葱儿问:“为什么?”小和尚说:“不为什么。”葱儿说:“你不说为什么,我就亲别人。谁都亲!”小和尚说:“我就想让你光亲我一个人。你要亲了别人,我会很不好受,很难过的。”葱儿考虑了一会儿,说:“行。”小和尚说:“那咱们拉个钩。”葱儿说:“拉钩就拉钩。”两个人就头抵着头,把钩拉了。

有一天,两人正在庙口玩,过来了一队迎亲的,敲锣打鼓的,很热闹。新娘坐在轿子里。新郎骑着高头大马,戴着大红花,满面红光的。两人用目光把新娘新郎送出了好远好远,才回过头来。两人一脸的羡慕。

葱儿望着小和尚,扑哧一下笑了。小和尚问:“你笑什么?”葱儿忽地严肃了,说:“我给你说个事。”小和尚说:“什么事?”

葱儿说："我长大了给你当媳妇，你要不要？"小和尚说："要。"葱儿说："是真要还是假要？"小和尚说："当然是真要了。"葱儿的脸就红了。

小和尚十八岁那年，师父给他受了戒。那天寺庙里来了很多人，有附近寺庙里的僧人和庵里的尼姑（小和尚叫师叔），葱儿和她爷爷也被老和尚请来了。那天，老和尚给小和尚点戒疤时，葱儿站在一旁。看着看着眼里就流出泪，爷爷问葱儿咋流泪了，葱儿说她是高兴的，她说她是真为小和尚高兴。

没过多久，葱儿也出嫁了。嫁的是一个不错的后生。后生待她很好，也很疼她。她过得很幸福。可后生却总感觉葱儿过得并不愉快。

葱儿三十五岁那年，得了一场病。病是大病，很厉害。葱儿一连躺了三个月。这天，葱儿隐约感觉她要走了，就对附在她床前的丈夫说："我要走了，你还有啥要说的呢？"丈夫见她那么清醒，就说："想求你一件事。"葱儿说："你说吧。"丈夫说："咱们在一起快二十年了，你一直没有亲过我，我求你，亲我一下吧！"葱儿摇了摇头："除了这个，别的都可以答应你！"丈夫说："你把身子都给我了，还在乎亲这一下吗？"葱儿没有说啥。丈夫说："我非要你亲我一口呢！"葱儿的眼里就流出了泪。葱儿说："那样，我心里会很难受的。"丈夫就没再求葱儿。没多久，葱儿就走了。葱儿走得很坦然。

五七的那天，葱儿的丈夫请来了和尚为葱儿超度。和尚就是以前的小和尚。那时，老和尚圆寂了，小和尚就成了大和尚，当上了庙里的住持。

那天，葱儿的丈夫喝醉了，就哭。

和尚问："施主，你哭啥呢？"

葱儿的丈夫就说他亏。说他和葱儿在一起近二十年，葱儿一次也没亲过他。他亏死了！

和尚就使劲地敲他的木鱼，敲着敲着和尚的泪就流了。和尚就颤颤地念："阿弥陀佛，阿弥陀佛呀……"

下山虎

谈四书现在是闵楼村的画家，以前不是，那时一过年了，谈四书就写点对联。如：向阳门第春常在，积善人家庆有余；如：一元二气三阳泰，四时五福六和春；如：红军不怕远征难，万水千山只等闲；如：天生一个仙人洞，无限风光在险峰；等等。拿到村西的集上去卖，得个仨瓜俩枣，换两个吃盐打油的钱。但他的字不如闵宪九的画好卖。闵宪九画的是虎，是上山虎。须毛迸发，煞是威猛，到年了，村人们都喜欢买张虎画，虎威风，是万兽之王，能压风能镇邪，再加上闵宪九是闵楼村大队会计闵庆方的父亲，老人家画风非常严谨，一天只画两幅，从不多画，所以闵宪九的上山虎很好卖，年年都紧手。

谈四书的字却卖不了多少，每年只卖可怜的几副。剩下的都让他老婆吴柴花捣锅底烧锅了，为此，谈四书决定画虎。

谈四书想，画虎有什么难头？他以前画过，画的不是虎，是猫。是他家喂的一只狸猫。小老虎似的，很可爱。没事了，他就画，画了一张又一张，千姿百态，都很娇。他想：虎和猫是有相通之处的，长得像，况且，猫还当过老虎的老师，比老虎还狡猾呢！只要画好猫，虎也就有个八九不离十了。把猫画大些，画凶些，再在头上添上个“王”字，猫也就是虎了。谈四书就开始画他的虎了。

画了一段时间虎后，谈四书猛然想起一件事，闵宪九画上山虎，我再画，不等于嚼人家嚼过的馍馍吗？我一定要别出心裁，不能和闵宪九一样。想了很久，谈四书拿定了主意，你闵宪九画上山虎，我就画下山虎！谈四书很为自己的这个想法激动！

在闵楼村，只要一说画虎的，大家都说闵宪九画的虎是真虎，佩服得不得了。说那虎真威风，比唐伯虎画的都不差。闵楼村的都知道唐伯虎画虎不点睛，闵宪九画虎只点一个睛。也就是说，闵宪九只比唐伯虎差这一只眼的功夫。闵楼村的人说，唐伯虎能比吗？那是什么人，不是凡人，是文曲星下凡呢！闵宪九能画到这个份儿上，不易了，祖坟上冒烟了呢！

谈四书见过闵宪九画的虎，他感觉一般，只不过闵楼村的人把他“演义”了。他闵宪九能和人家唐寅唐伯虎比吗？唐寅那是什么层次？他闵宪九是什么层次？天地之别呢！可闵楼村的人都迷恋他，不正常呢！

谈四书就想，闵楼村很久没出画家什么的，出了一个文化人，就稀罕死了，就把他神化了，闵宪九能有今天这名声，与这有很大的关系。这叫先入为主吧！

谈四书就琢磨，怎样才能脱颖而出呢？怎样才能一鸣惊人呢？让闵楼村的人一提起画虎的就想起我谈四书呢？得在舆论上下功夫！特别在外面得造大影响。他闵宪九不是才十里八乡知道他吗？那我就在咱鲍沟公社有名气，在滕县有名气。到那时，等全滕县人民都承认我了，还在乎一个小小的闵楼村吗？想到这儿，谈四书感到眼前豁然开朗，一片光明。

恰巧那一年，鲍沟公社文化站举办了一次农民书画展。谈四书知道了，就去参加。文化站的人问他是哪个大队的，有大队的介绍信和推荐信没有，谈四书说没有。什么也没有。人家工作人员告诉他："你想参加行，但你必须得到大队去开介绍信。因为这些参加的都是各个大队推荐来的。否则，就没有参展的资格。更别说评奖了。"谈四书听了忙去大队里找支书闵宪发。因为闵楼村的公章就拴在闵宪发的裤腰带上，走到哪带到哪，叮叮当当，晃晃悠悠。

闵宪发不在大队部里。大队里的黄子告诉他，百分之九十九在白大扁家里。

谈四书进了白大扁的家。门是虚掩的。谈四书在门口整了一下衣服，然后探头听了一会儿，又咳嗽了一声。门里传来了铁姑娘的问话："谁呀？"谈四书说："我。四书！"

闵宪发正和白大扁在一块喝酒。本来脸就黑的闵宪发此时脸喝成了像几天没卖出去的猪肝。谈四书说:“表叔喝酒呢!”闵宪发抬了几抬眼皮，才把眼睁大，看了，说:“是四书啊!”声音拖得很长，就像桌下拾菜吃的狸猫尾巴。谈四书忙说:“是我，表叔。”谈四书是住亲戚门上，按辈分叫闵宪发表叔。谈四书说:“表叔，求你个事。”闵宪发把脸抬得高高的，说:“什么事呢?”谈四书那个气呀，心里暗骂，可气归气，脸上却丝毫不能表现出来，还得赔着笑脸说:“表叔，不是咱公社里办了个画展吗?我想参加。”闵宪发说:“你参加就是。找我干什么?”谈四书说:“得要大队的介绍信。”闵宪发说:“不就是参加个画展吗，要介绍信干啥?”谈四书说:“那，那谁知道。要求是这样要求的，就麻烦表叔你给我开个介绍信盖个章吧!”闵宪发说:“介绍信是随便开的吗?”谈四书说:“不然我就不来麻烦你了。”谈四书觉得这句话还不够，就又说:“表叔，谁不知道，你是咱闵楼村的天!”闵宪发脸一寒，说:“你这是什么意思?我是什么天?南霸天还是北霸天?”谈四书知道马屁拍错了地方，拍痔疮上了，忙解释说:“谁不知道表叔你在鲍沟公社的分量?你是老革命了，当年在朝鲜战场上你一个人打死八个美国佬，是咱滕县的大英雄。”闵宪发听了这话脸上的皱纹才舒展开:“你说这几句话还有点话味。”谈四书忙就坡打滚说:“时间紧着呢，明天就要开展了，快给开介绍信吧!”闵宪发说:“开行，你得先把你的画拿来我看看，有个差不多我就给你开。不然，画得不像样硬往外拿，丢咱闵楼村的人呢!”

谈四书说："那是那是。"然后就赶紧回家去拿画了。

望着谈四书的背影，闵宪发哼了几哼。白大扁说："哼啥呢？"闵宪发说："就他那个样，字都写不好，还画画，别不知天高地厚了！"白大扁说："是啊是啊，真不知天高地厚！"铁姑娘说："别这样说人家，说不定人家谈四书画得真比闵宪九强呢！"闵宪发把嘴撇得有八丈长："他能画画，那天底下的人不都是画家了？画家是什么？是文曲星，几十年不出一个的，很金贵的，画家是那么好当的？"

几个人正这么说着，谈四书一头大汗地跑了进来，上气不接下气的。进门就把他的作品展给了闵宪发。画的是下山虎，看样子那只虎经常挨饿，反正很瘦，像是下山寻食，急急忙忙的。铁姑娘说："不孬不孬。你看这虎画得很像回事，还怪有威风的。"谈四书听了满脸的阳光，满脸的汗滴珍珠一样璀璨，很烂漫。

闵宪发只是抬了一下眼皮，用眼角夹了一下，继续叼起一粒花生添进嘴里，咯吱咯吱嚼开了。他见铁姑娘大惊小怪，就有点看不起，用眼白了一下铁姑娘，那眼里的含义铁姑娘一看就明白了，是说，你懂个屁！

谈四书站在那儿等着闵宪发发表意见。等了很长时间，闵宪发就像忘了这事似的，就是不说画的事了。谈四书只好问："表叔，你看，怎样？给我提个宝贵意见吧？"

闵宪发这回开口说话了："画得好，画得好。"谈四书一听闵宪发夸他画得好了，脸就像向日葵一样开了："请表叔多给我提宝贵意见！”接着又问，“表叔，刚才你说好，请问，好在什么地方？”

闵宪发说：“好就好在，人家闵宪九画的像虎，你谈四书画的呢，像猫！”

此时白大扁喝到嘴里的酒一下子喷了出来，溅了闵宪发一身。闵宪发用手拍打着身上的饭屑，很气，可没使出来。

谈四书的脸顿时紫成了茄子，是秋后霜打的那种。他急忙卷起他的画说：“闵宪发，你不给开不开就是了，怎么还作践人？”

闵宪发说：“我什么地方作践你了？你画得像猫，我说错了？你画得像猫硬想违着心让我说是虎是不对的，是违背人民意愿的，是坚决办不到的。”

“好了好了，我服了你还不行？我怕了你还不行？这个画展我不参加了，不参加了行不行？”谈四书说，“就冲你闵宪发这一句话，我谈四书一定要把虎画出来。一天我不画出名，不把自己画成一个画家，我就一天不进闵楼村！”

闵宪发说：“好，好，有志气，我等着。我等着你成为画家。只要我不死，我就等着！”

谈四书说：“你死我也要到你坟上对你说，我要让你做鬼也做不清净！”

从那之后，谈四书就出去了。据说是去了动物园，在那儿看大门。看大门一般都是公家发工资，可他倒好，他在那儿看大门是他给公家钱，逢年过节了，还拿着自家地里出产的东西送礼。为此，闵宪发更是看不起，只要人们一提起谈四书，闵宪发就把嘴撇到天边去了。然而闵宪发哪里知道，谈四书去城里是去“修炼”的。每天，谈四书都起得很早，去看笼中的虎。虎画了一张又一张，画了一年又一年。功夫不负有心人，十五年后，谈四书画的虎成了滕县的一绝。谈四书也由此而改名叫了谈四虎。

谈四书的《百虎图》是在滕县举办的一个大展上一举成名的，那是巨幅，一百只老虎或大或小，或搏或戏，惟妙惟肖，栩栩如生。日本来的一个客商当场出了一万美金，是现钱。从那，谈四书的虎在滕州地里响了名。

谈四书就回到了村里。闵楼村的人都涌到谈四书家，谈四书大门紧闭，一连三天，没出大门一步。第四天的下午，谈四书带着酒菜出来了，接着就去了闵宪发的坟上。

闵宪发刚死没多久，坟还很新。那天，谈四书带了一瓶滕县最好的滕公特曲。好几十块钱一瓶。谈四书把酒打开，对着坟头说：“表叔，我来看你了。你喝了一辈子微山湖酒，这个酒你没喝过，今天，我用润笔的钱给你买来了，你尝尝。说起来，我真该好好感谢你啊，没有你那次的相激，我还真走不出来呢！表叔啊，我谈四书谢谢你啦！”

闵宪发的两个儿子在一旁站着，后来两个人就低着头走了。闵楼村的人都看到，闵宪发两个儿子的脸，猴屁股一样红呢！

地瓜啊地瓜

地瓜是一个不英俊的男人，这年头，不英俊也不是什么缺点，想想，大家都是凡人，凡人还想要多潇洒？就说现在的影视演员吧，都是百里挑一的，但真正英俊的有几个？地瓜这样一想，也就把自己不英俊不当回事了，甚至还有了一点沾沾自喜。当然地瓜有他的理由，那就是他家境好。地瓜的爹是东边一个小煤矿的矿长，管着三百多号人呢。所以地瓜不英俊也没什么了。

所以地瓜能理直气壮地看上谷儿。

谷儿是前庄上李家的闺女，长得好，要多俊有多俊，仙女一样的。就是家里穷，一穷，俊就不值钱了。

地瓜喜欢谷儿，是真喜欢。都害了相思病。地瓜的爹知道了，先骂儿子一句没出息。骂了之后儿子还没振作。还是想谷儿。

地瓜的爹大手一挥。地瓜的爹喜挥手。地瓜的爹挥手很有风度，伟人似的。地瓜的爹说:“不就是喜欢个人吗？又不上天摘星星，好办，找人说说就是。”

就找人说了。

谷儿开始是不愿意的，谷儿没看上地瓜，你看他那个形象，是标准的“地瓜”呢！可爹愿意，娘愿意。谷儿没辙了。爹说：“妮，俊不能当饭吃。”娘说：“妮，人不能光看丑俊。女人找男人，要看他能不能养活你。”娘看谷儿低了头，就又叹了声：“妮，看男人要看他对你真不真。”

和地瓜接触了几次，谷儿知道地瓜是一门心思地喜欢她。谷儿的心就哆嗦了，就在心里骂地瓜；你浑呀，你真是浑到顶了呀！爹娘收了人家的东西，让谷儿拿主意，表个态，给地瓜家个态度，谷儿就流泪了。谷儿就把自己关屋里三天，三天里，谷儿流了两水桶的泪。

后来谷儿开门了。谷儿的两个眼肿得像铃铛。谷儿望着娘说：“娘，我亏呀！”

娘也知道亏。就这么俊的闺女怎能不亏呢？可娘不能说亏。娘知道她一说亏女儿就真亏了。娘说:“妮，有些东西是注定的。这是命啊！”

谷儿知道娘说的不是真话。可娘这么说了，谷儿明白，是命就只有听了。谁能逃脱命运的安排呢？这样一想，谷儿心平了不少。

谷儿就嫁给了地瓜。出嫁那天，谷儿见那个人站在村口树一样地望。车子走了，那人在后面跟。跟着跟着，那人就小了，就没影了。可在谷儿心里，那人却越来越清晰。谷儿想这样不好，这样的日子，心里装两个男人，不好。谷儿想甩掉那人，就狠狠地甩头。可那人却黏上似的，总也甩不掉，谷儿就狠狠地骂了，冤家呀冤家呀！

地瓜很高兴。地瓜如愿以偿。地瓜觉得他真是世上最最幸福的人了。这么俊的谷儿都是我的媳妇了，我还有什么理由不幸福呢？我真是幸福死了！

地瓜就一心一意地爱谷儿。死心塌地地爱，爱得很瓷实。地瓜知道，谷儿是个好女人，肯嫁给他的绝对是好女人，不是好女人能让他娶吗？做梦去吧！地瓜没有做梦，说娶就娶来了。地瓜想，有这么个好女人不爱那才是傻瓜呢！地瓜不是傻瓜，所以地瓜爱谷儿爱得很忠心。

开始的时候，谷儿感到很新奇。虽说亏点，但有这么个男人爱着，爱得这么一尘不染，谷儿也就觉得还不算多亏。再说生活上有了大变化，从前是穷日子，现在日子不穷了。心里就想能过到这样，这多亏嫁了地瓜。谷儿就觉得亏也亏不到哪里去。

那时谷儿就把那人稍稍忘了。也没全忘，忘一个人哪有那么容易。当然有时谷儿也把那个人像六月晒衣服一样翻出来，翻出来和地瓜比较。一比较谷儿就觉得地瓜真是个“地瓜”，一点也不像那个人。

地瓜不知道这些。地瓜不是谷儿肚里的虫虫。地瓜过得很恣意。看地瓜那神情，真像过上了共产主义社会的生活。真是美好的生活啊！

俗语说，花无百日红。俗语说，月有阴晴圆缺。俗语说，人不能总在浪尖上……说这些话无非想说：地瓜的爹出事了。说准确一点，是小煤矿出事了。地瓜的爹是矿长，是法人代表。

是塌方。死了十二个人。人命关天，这不是小事。地瓜的爹也不挥手了。地瓜的爹孬了，头勾着了。

地瓜家一落千丈。可地瓜还是那样爱谷儿，爱得比从前更厉害了，内里有了一些巴结的味道。谷儿让干啥，地瓜就屁颠屁颠地干，显得很下贱，很没男人味。谷儿有些看不起，谷儿想，地瓜，你是男人呢！这个时候，谷儿才明白，地瓜的腰杆是他爹撑起来的，他爹毁了，他也就塌了。

谷儿就又想起了从前。想想从前，再看看地瓜，谷儿知道亏了，真亏了！

谷儿就又见到那个人。那个人叫高粱。高粱现在变了，几年工夫，高粱已成了一个私营企业的老板。高粱说："谷儿，我不服呀，我真的不服。为什么我不能娶你？那天我跟着你，看着你进了那个人的家里，我的心都碎了呀，谷儿。"

谷儿没有作声。谷儿心里打战，很难受。谷儿不知道她该说啥。但有一样谷儿做得很好，就是把该外流的泪往里流了，流心里去了。

高粱说："我就压着一口气，我想，我一定要让自己行。我受了很多苦，流了很多泪，吃了别人很多的白眼，目的就是让自己行。谷儿，这些罪我没白受。"

谷儿知道高粱在平静里望着她。谷儿的心就酥了，雪一样的说化就化了。谷儿明白高粱眼神里的东西，明白了高粱为什么到如今还没成家。

高粱说："谷儿，谁也代替不了你呀！"

谷儿再也控制不了自己了："高粱，你太傻了呀，你太傻了！"

高粱上前给谷儿拭去了泪，像从前一样，然后轻轻地拥住她："谷儿，我知道自己为什么这么做。我很清醒。很清醒。"

地瓜不是"芋头"。地瓜什么都知道了。地瓜就真的呆成"地瓜"了。

谷儿平静地说："我考虑很久了，地瓜，咱离了吧，我不能一个人心里装着两个人。那样，我太苦，也太累。"

地瓜说："谷儿，我是全心全意爱你，一点杂质也没有呀！"

谷儿说："我知道。"

地瓜说："我这样爱你，你还往心里装别人，谷儿，我真想不明白。"

谷儿说："地瓜，我知道你对我好，可我就是控制不住，我还要爱别人。"

地瓜说："谷儿，只要你不离，过去的就让它过去吧。咱们还是在一起过日子，我就当什么也没发生。"

谷儿摇摇头："地瓜，咱那是自己骗自己，还是离吧，对你好，对我也好。"

地瓜说："谷儿，我不和你离，你要和那个人好就好吧，只要你别和我离。"

地瓜又说："我常听上岁数的人说，每个人都是来世上做一件事的。谷儿，我来到这个世界也许是专门来爱你的，谷儿，我离不开你呀！"说到这儿，地瓜腿一软，给谷儿跪下了。

谷儿知道自己的心要软。谷儿想，不能软，一软，就走从前的路了。一软，她还得亏，她不能再亏了。谷儿没扶地瓜，走开了。

地瓜流了很多泪，女人似的，有两水桶。地瓜流泪的时候发觉，谷儿铁心了。女人一铁心，八头牛也拉不回，别说他一个地瓜了。

地瓜对着谷儿的背影说："谷儿呀，谷儿呀，我的谷儿呀……"

谷儿回到家，是三天后的黄昏。三天了，什么事都会想清的。谷儿想，地瓜一定知道自己该如何做。

此时的地瓜已消瘦得面目全非。

地瓜问："一定离吗？"

谷儿说 ：“ 一定离。”

地瓜像泄了气的猪尿泡，霎时就蔫了。地瓜说 ：“ 谷儿，从咱们结婚的那天起，我就怕这一天。我知道你亏。你嫁了我你就觉得亏。没想到这一天来得这么早。”

谷儿没有言语。

地瓜说 ：“ 谷儿，我想好了。我什么都想好了，是我的就是我的，不是我的永远不是我的。”

谷儿明白地瓜话里的意思了。

地瓜接着说 ：“ 谷儿，我不能接受你和别人在一起。那样，还不如杀了我，不如让我死了呢！”

谷儿不明白地瓜为什么说这些没头没脑的话。谷儿知道地瓜心里难受。

谷儿不忍心看到地瓜这样，就转身给地瓜倒了一杯水，又加了糖。可在此时，谷儿听到身后扑腾一声。回头看时，地瓜滚在地上，一股子药味弥漫开来。是农药。

地瓜喝了农药。一瓶子地瓜喝了半瓶子多。

谷儿说 ：“ 地瓜呀地瓜，你为什么要这么做呢？”

地瓜说 ：“ 我说过的，我活着是来爱你的。你走了，我也该走了。”

谷儿说 ：“ 你不该这样啊！地瓜，你不该这样啊！”

地瓜说:“ 谷儿，这几天，我什么都想了。我爱你爱得自私。真的，我不愿想象你和别人在一起的样子。可你亏。你终于得走。谷儿，我选了这条路，对你，对我，都好。”

谷儿说：“地瓜，你太小心眼了！”

地瓜说：“谷儿啊，我的谷儿呀……”

谷儿的泪汩汩汩地流了出来，湿了眼，湿了脸，湿了她整个人。

地瓜走了。一想起地瓜的走，谷儿的心就哆嗦。高粱劝谷儿：“谷儿，过去的就过去了，活着，就该向前看。”

谷儿说：“高粱，我办不到呀。”

高粱说：“谷儿，那样，你可要苦一辈子了。”

谷儿长叹一口气：“高粱，我不苦。”说着，谷儿的泪又滚了出来。

高粱望着谷儿，想用臂膀去拥她，可谷儿躲了。高粱说：“谷儿，你不能再亏自己了。”

谷儿说：“以前是亏。那时觉得自己亏死了。现在，我才明白，我不亏。地瓜亏呀！”

高粱听不明白了。

我们的幸福

有个男人，三十多了，不安分，有妻子了，还想有情人。真找了一个。女的不多大，二十岁左右的样子。是喜欢刺激喜欢浪漫的那种。男人和女人偷偷摸摸地交往，搞地下工作似的。后来，两人嫌这样不过瘾，就在一起商议。男的说："不行，咱离开这儿？"女的说："好啊。"男的说："不行，咱就找个没人认识咱们的地方？"女的说："好啊。"

两人就选在一个落雨的日子私奔了。男人席卷了家里的所有钱财，和女人踏上了南下的火车……

几天后，男人和女人来到了一个小镇。小镇不大，可镇上的人他们一个也不认识。女人说很好。男人说很好。

两人就安顿下来了。就开始过日子了。日子其实很好过，只要有钱，只要有女人。两人就把日子过得随心所欲忘乎所以。

人就是一个喜新厌旧的东西。在天堂里天天大鱼大肉地吃，也有厌的时候。女人明显地感觉出来了。男人还沉迷在自己的胜利中。可以说，男人被胜利冲昏了头脑。男人没有发现女人的这些。女人的激情不如以前了。男人无论再怎么翻新，都是换汤不换药。女人开始有些后悔了。每当夜深人静，女人瞧着身边的男人，月光下的男人显得那么苍老，那么丑陋。女人就有一种想吐的感觉。女人就想自己这么一大朵的鲜花，就这么在男人身边开放。女人有些不甘心。女人觉得，自己有些亏。

女人一觉得亏，女人就要出故事。这故事几乎都千篇一律。女人就瞒着男人，又喜欢上了本地的一个男孩。男孩没多大。没多大的男孩怎是已为人妇女人的对手？没用一个回合，男孩就被女人俘虏了。投降的男孩让女人明白了人外有人天外有天的崭新境界。

女人就庆幸自己。女人就感觉自己从前是白活了。女人就想把这种美好的生活进行到底。女人就对男孩说：“咱们去开始一种新生活吧？”男孩连考虑也没考虑就说：“好啊。”女人说：“咱们去找一个真正属于我们的地方吧？”男孩说：“好啊。”

女人就和男孩在一个下雨的日子私奔了。女人想，我给他做了这么长时间的老婆，不能白做。就拿走了家里的全部钱财，和男孩坐上了南下的火车。

女人和男孩来到了一个小城。小城山清水秀，女人和男孩都很喜欢，就住了下来。

男孩经女人的手成了男人。成了男人的男孩才明白他为自己青春的冲动付出的竟是这么大的代价。当然，这是男孩和女人在一块生活五年后才感悟出来的。

那时女人和男孩已有了孩子。女人也已变得像个怨妇，没了原先的韵味和激情了。男孩就想，事情不是这样的啊，完全不是这样的啊！

男孩就感到失意。男孩看到外面的阳光明媚的女孩心里就很不好受。当看到身边这个越来越臃肿、越来越没女人味的女人时，男孩竟为自己悲哀。男孩知道自己错了。完全错了。

意识到自己错了的男孩就想改正自己的错误。错误是很好改正的，只要狠心。这年头，男人们什么也没有，就是有狠心。一有狠心，事情就好办了。男孩就迷惑了一个女孩。

女孩其实是最好迷惑的，只要你懂她的心。男孩在很久之前就把女人迷惑了，所以说几年后迷惑个女孩那是小菜一碟。男孩没费吹灰之力就把女孩泡上了手。那是个阳光一样的女孩。男孩感觉和女孩一起，他灿烂极了。他的生活处处充满了阳光。

于是，男孩先把阳光女孩在一个阳光明媚的日子变成了女人。成了女人的阳光女孩就明白了女人为什么找男人做伴了。男孩又开始实施他的计划。他的计划就是让自己尽快地逃离这种暗淡的生活。男孩就对女孩说，他们现在是一条线上的蚂蚱了，要想让他们的爱情幸福，唯一的出路就是……

女孩说："好啊。"

男孩于是在一个飘雨的日子，领着那个阳光女孩踏上了南下的火车……坐在车上的男孩和女孩都坚信：他们去的那个地方一定会阳光灿烂……他们的爱情一定会天长地久……

金佛山的佛

是夏日的一个早晨，太阳刚从海里上了岸，身上的海水还没干。我走在乡村的路上，我为一篇作品的结尾绞尽脑汁。

这时，我身边过来一个中年人，脸出奇的白，很儒雅很有气度。他脸上带着笑。他高高的个子，我要看他时得仰着脸。他从前方向我走来，在离我有两步远的地方，停下了脚，笑着和我打招呼："你好。"

我对他笑笑。对他点了点头。

他说："我知道你在想什么。其实，你想要的那个作品的结尾在一个地方能找到。"

我掏出口袋中的镜子，看着镜子，梳了梳被晨风打乱的头发，然后问："那是什么地方？"

中年人说："是一座山。"

我问："什么山？"

中年人告诉我："金佛山。"

我说："我知道泰山、华山、峨眉山，但不知道金佛山。"

"金佛山在重庆市南川区，集国家级风景名胜区、国家森林公园等七项桂冠于一身，现在正申报世界自然遗产。"那人说，"在那里，你会见到你想见到的佛。"

我说："真的？不会吧！"

中年人说："你不信？"

我点点头："真的不信！"

中年人说："好，我让你去。你见了，就会信了，就会知道我没骗你。"

我在鲁南的滕州，离重庆可有千里之遥啊！即使坐火车，最快也得一天一夜，除非坐飞机。

中年人笑了："你如果真想去，我可以让你马上就到。"

我说我不信，打死也不信。那人说："好吧，我给你一匹马。"说着，那人叫了一声："马来！"就见从太阳处的东边嗒嗒嗒地跑来了一匹浑身洁白的马。我真不相信自己的眼睛。眨了几眨，是真的，那马跑得很快，不一会儿就来到我面前。

看着目瞪口呆的我，中年人说："上马吧！"

我给那人点点头，跨上了马。这时才发现，我胯下是一副银鞍。白马打着喷嚏。中年人问我："想好了吗？"

我说想好了。我都已经上马了，还能没想好吗？

中年人说："你把眼睛闭上吧！当然你也得把心闭上！"

我说："我会闭眼，可不会闭心。"

那人告诉我："闭心很简单，就是什么都不要想。把心想象成一池清水。"

我照那人说的做了。我感觉心里很清凉。

中年人说："走！"

我就觉得耳边响起呼呼的风声。我听到了燕雀渐近渐远的叽喳声。不一会儿，风声止了，耳边是出奇的静，我感觉白马已停止了脚步。

这时白马打了一个喷嚏。我下了马，发现自己已在一片深山里。白马在我身后离开了。

这是哪儿？

这时前面过来一位老人，身上背着柴，手里拿着砍刀。老人有五六十岁的样子，脸很黑。我走上去，叫了一声："大爷，我问个路。"

砍柴的老人止住脚步。我问："这是哪儿？"

老人一脸的疑问，说："这是金佛山。"

"是重庆南川的金佛山吗？"

老人点点头："是啊，原来你知道啊！"

我这才知道那个儒雅的中年人没有骗我。

打柴的老人看我两手空空，就问我是干什么的。

我说是来这儿寻佛的。

打柴的老人看着我就笑了。老人笑得很有内容。我知道老人知道我想要的一切，就问老人 :“这儿是金佛山，佛一定很好寻。”

老人笑了，点点头。我问 :“怎么才能找到佛呢？”

老人看了看我，问 :“你找佛有什么用啊？”

我说 :“我有一个小说的结尾不知怎么结。”

老人没有说话。只是匆匆地走。

我追了上去 :“求求你了，告诉我好吗？”

老人“唉”了一声，问 :“你身上有什么？”

我摸了一下身上，又摸了一下口袋。我说我有个镜子。

老人说:“好。”之后老人告诉我:“佛，就在你的镜子里。”

我半信半疑，就打开镜子，我发现，镜子里真的有一尊佛。是金光闪闪的坐佛。佛祖微阖着双目，掌心向上，双手在胸口托着。

我很惊喜，对老人说 :“你看，我镜子里真的有佛呢！真的是金佛呢！”

可身边空空如也，老人不知何时离开了。

这时我觉得背上沉。向身后一看，我背上却不知何时背上了老人的那捆柴。

武则天的疼

你不认识我？

嗯。

学过历史吗？

学过啊。我的历史学得很棒的。

你知道中国的各个朝代吧？

唐尧禹舜夏商周，春秋战国乱悠悠，秦汉三国晋统一，南朝北朝是对头，隋唐五代又十国，宋元明清帝王休。咋样？

哎，没想到历史这样写我。想我大周，那是何等强盛。如今，只是在你们的历史中作为五代十国一笔带过。

你是大周的人？你是大周的什么人？

我是大周的武则天！

我笑了。你知现在是什么年代吗？现在是中华人民共和国，是公元 2013 年了。你大周在公元 951—960 年，离现在一千多年了！

一千多年，你认为，不可能，是吗？

是啊，一千多年，这根本是两条线，不可能相交的！并且，你还这么年轻，哎呀，绝对不可能！

她笑了。你还是现代人啊，你们都已上天入地，难道时空穿梭还没解决？

我摇摇头。

她长叹一声。你们说你们科技如何发达，你们都已研究出核武器什么的，研究这些有什么用啊？你们其实还不如鬼。

你怎么能这么说呢？鬼是什么？我们能跟那晦气的东西比吗？

怎么？你觉得鬼不如你们人？其实你们那是不理解鬼。鬼是很正义的，也是有情有爱的，比你们人强多了。看看你们身边那些道德败坏者，你说他们是鬼，那是在侮辱鬼！

我无语，抢白道，鬼中也有恶鬼啊，也有不为人齿的呀！

是有，但都下油锅了，去十八层地狱了。

我如梦方醒。我知道，我得尽快摆脱这个自称武则天的女人，虽然她姿色美丽，动我心魄。我说，你找我有什么事？

是有事，我最近老是心口疼。你能给我看看吗？

你不是有御医吗？你让他们看啊！

我不相信他们。他们每个人心里都有一条毒蛇。

是吗？咋会呢？你看我心里有吗？

你心里没有，你们尘世上我看了很多，我发现每人心里都有毒蛇，有的是一条，有的是两条，有的是很多。

这是不可能的，人心里怎会有毒蛇呢？

你不信？

我不信。打死我也不信！

怪不得袁天罡对我说，你们这儿的人都虚伪，每个人内心里不光都饲养着毒蛇，还都患有眼疾，你们的眼睛对什么都视而不见，但只要看到权力、金钱、美女，眼里都放出绿光，狼一样的。

难道你不喜欢权力吗？你不喜欢，为什么要篡李家的江山啊？

怎么，我篡李家的江山？我是李家的媳妇，生是李家的人，死是李家的鬼。我替李家当家，这怎么是篡李家的江山呢？

你说你替李家当家，为什么你又新起了国号，叫大周呢？你为什么不接着叫大唐呢？

我那是为了区分。叫周和叫唐就那么重要吗？

嗯。

比让国家强盛，让老百姓过上好日子还重要？

嗯！

她哈哈笑了。我理解为何那么多大臣反对我做女皇了。原来我认为，他们是看不惯女人做皇帝，现在我明白了，不是这么回事。

是怎么回事呢？

是你们心里饲养着毒蛇的事！

怎么说是毒蛇的事呢？

毒蛇在左右着他们。这些他们包括我很信任的那些大臣，有狄仁杰，还有……

你说的那些人都是忠臣。怎么说呢，历史的事，我没发言权。再说了，这是个坏世界。你作为女皇，都不能左右历史，别说我这样的草木之人了。

给你说我的心里话吧，我其实是不想当皇帝的。

你不想当？笑话，你不想当怎么就当了？

我也是被逼的。女人本来是主内的，如果我的那些儿子能做皇帝的话，我自己会去做吗？与其让这些不学无术的败家子们败坏一个国家，我为什么就不能当十年给他们看看？！

我知道你心里为什么疼了。因为你心里有一股气。那股气，我们叫志气！

志气也是一条毒蛇。它天天在吞咬着我的心。它让我心疼，让我憔悴，让我发狂。

知道我为什么肚子里没有毒蛇吗？袁天罡这么会算的人没告诉你吗？

她摇摇头。

我肚子里没毒蛇，那是因为我经常吃毒蛇，我肚子里的毒蛇被我的嘴巴吓跑了。

原来是这么回事啊。她如梦方醒。

你掀开你的衣服，我看看，你肚中的毒蛇怎么样了。

她慢慢掀开衣服。她的衣服下空空的，什么也没有，就像一段无聊的历史。

神　匠

和尚双手合十，唤了声："阿弥陀佛。"

神匠见是和尚，就问："出家人，有啥事就说吧！"

和尚说："我为神事而来。"

神匠说："我只塑女神。"

和尚说："我要塑尊女神。是观音。"

神匠只塑女神，这是方圆百里人人皆知的，神匠的女神塑得活。以前神匠也塑男神，塑得也挺有名。可自从妻子死后，他就只塑女神了。神匠的女神塑得真，就像一位真神那么慈祥地站在你的跟前，听你的苦，听你的忧。

神匠就随和尚到了一座庙。庙很新。"这是我化了二十年的缘才盖起来的，目的就为塑这尊神。”和尚说得很凄凉，从怀里掏出一张发黄的纸，说，“照图上女人的样子塑，一定要塑活。”图上是个挺俊秀的女人。神匠觉得很面熟。很面熟。

和尚说：“把她塑成个观音吧！你行的。”

神匠没有言语。

神匠一连三天都在喝酒。和尚在念他的经，念得很专一。

第四天，神匠就开始找料了。找料是为搭骨架。神匠选料和别人不同，他除主要躯干是两根硬木外，剩下选的都是白蜡、桑之类有弹性、有韧性的软木。神匠认为：女人的柔不在皮肤，而在骨子里。

骨架搭好了，神匠就开始上泥。泥上得很快，不到三天，形状就出来了。

和尚一直在前堂念他的经。只有吃饭的时候才在前面唤他过去吃饭。也不问他进展如何。神匠觉得这样很好。

这一天到“洗尘”了。就是给神洗澡：从头上浇一盆清水，洗去尘世的灰垢，好干干净净地做神。神匠不这么认为，他说神是人变的，他给神洗尘，是洗神味。

洗尘是最神圣的时刻。神匠把门和窗都用布遮得严严实实，这是他的绝活。就是往神身上涂抹他的汗水。他妻子问过他：“你的神塑得那么活，有绝招吗？”他在酒后告诉了妻子。

他对妻子说："神有了人味才是神，神才活。"

要给观音涂抹汗水了，神匠很激动。这时，门推开了。和尚气喘吁吁地站在门口。神匠心里一凉，他觉得他的一种东西就像夏天里的一块冰，正在慢慢地化成水。

和尚说："用我身上的汗吧，你看，我身上都是水呢！"

神匠想拒绝。神匠想，我是神匠，哪能用你的呢！可神匠身上的汗没了，神匠就觉得身上发冷。他有一种被打败的感觉。神匠没有流露出来。

和尚看着观音，就对神匠说："她身上能有我的味儿，我就知足了，我这二十年就没有白苦。"

神匠的心一颤，泪差点流了出来。

天秋了。神匠看着落叶，心想：该走了，真的该走了。别留恋了。

该给观音"安心"了。

神匠的女神塑得活，神匠认为，那是有心的缘故。人有心才能活，神也是，神没有心怎是神呢？那是一具泥胎。别的神匠认为他这是多此一举，他们说世人活得苦，活得浮躁，有个寄托，有个作揖叩头的对象就行，有心无心都是泥胎，都是自己骗自己，骗局何必费那么多心思呢！

神匠不那么想，他说："神是人变的。人和神都是一样的，都有心。没有心哪能活呢？"

那天，神匠对恋在观音前不愿离开的和尚说："安完心神才是神，你现在拜的是泥胎。"和尚不解。神匠说："你出去吧，我这就给观音安心。"

和尚看了看观音，就出去了，不一会儿，神匠就听到前堂传来木鱼声。声很乱。

神匠知道自己该干什么了。神匠就用手从头到脚抚摸着他的活儿，泪密密地流下来。

神匠看着观音。观音也望着他，甜甜地笑。笑得神匠心里空空落落的，神匠就扑腾跪下了。神匠从没有给他的活儿跪过，这次不同，他跪下了。

神匠看着观音说："他就是爱你的那个人呢！你知道吗？他就是为你而出家的那个人！"

观音还是一如既往地笑着，很博大很宽容。神匠说："他在和我斗呢！说实在的，我不想赢他，可不赢不行，你是我的女人……"

神匠就重新再看他的那尊观音。猛然，他想起自己还有一件事没有做，就自言自语："该走了……"

一炷香后，和尚推开了门。和尚看到神匠倒在血泊里。神匠的心没有了。

和尚看到观音的心口有一颗鲜红的心，正在有节奏地跳着……

和尚就看着观音，观音笑得更美了，更真了。和尚觉得在观音的笑容下，他只有永远低着头。

和尚猛然间明白了他为什么永远拥有不了那个女人。他知道自己一辈子只有当和尚了。和尚便很苦地呼了声：“阿弥陀佛。阿弥陀佛啊……”

桃花红

小和尚了空这段时间毛毛躁躁的，抬头看看天，太阳暖暖的。向远处望了望，山在渐渐地长绿。他走出山门，伸了个懒腰。门旁桃树的苞绽了。他对老和尚说："师父，桃花开了呢！"

老和尚睁开了眼："是吗？"

了空说着跑到了桃花跟前："师父，开了三朵了！"

师父说："是啊，花要开，是很快的，就似人一样，说老就老了！"

了空说："你看师父说的，哪能跟人比呢？人一辈子多长远啊！"

老和尚笑了："人的一辈子其实比桃花也长远不到哪里去啊！"说着，老和尚的目光穿过山门望向了远处，好像一下子穿过眼前这座山，看到红尘，看到后面的那座桃花岭……

看着看着，老和尚把两眼闭上了，接着了空就听师父念了声："阿弥陀佛……"

第二天了空起床专门去看了山门外的那棵桃树。花蕾几乎全开了，花瓣颤颤地举着。了空对师父说："师父，桃花都开了呀！"

老和尚来到桃树前，看了看满树的花，没言语。

了空问："师父，咋开得这么快呢？昨天才几朵，一夜过去，全开了，好像没明天似的！"

老和尚说："五月里就要把桃子结出来，现在不急着开，到时桃子是结不出来的。"

小和尚点点头，好像明白了师父的话。他问："咱何时去桃花岭啊？"

师父看了看桃树："花都开了，那就今天吧。"

桃花岭离静心寺隔着一座山，也就两个时辰的路。师徒俩吃过早饭就动身了。到达桃花岭时，了空就发现师叔慧静师父已在庵门口等待了。

师父见了师叔，念了句佛号。师叔也回了一句。之后师父就丢开师叔和了空，进了桃园。桃园太大了，一个坡都是，都是清一色的灿烂和绚丽。

从了空进入空门起，每年老和尚都会带着他来这里看桃花。师父说这里的桃花美。铺天盖地的，既有层次感，又海一样的辽阔。

师叔所住的地方叫桃绚庵。庵不大，一个院，住师叔一人。庵也是佛堂，可师叔的庵里却没有佛像，后墙处只有一条案。案上有一香炉，炉中的烟正冉冉地飘。

师父去桃园深处了，师父逐渐融进绚丽中。了空看到师叔慧静眼里满是慈爱，很柔软。师叔望着师父方向的嘴角荡着笑意。了空来到慧静师叔的身旁，问："师叔，庵堂里咋不供佛啊？"

慧静说："供了。"

了空问："在哪？我怎没看见？"

慧静用手指指门外那"绯红的海洋"："看到了吗？"

了空说："那都是桃花啊！"

慧静说："桃花就是我的佛！"

了空不明白了。慧静看了看了空清澈的眼睛，说："给你讲个故事吧——"

从前，善州城里有个白员外，他有个独生女叫芊儿。那是初春，芊儿和丫鬟来到桃花岭。当时的岭上还没这么多的桃花。芊儿一下子被吸引住了。这时过来一个书生，也来看桃花的。芊儿抬头看了书生一眼，可巧书生也在看她，就那一眼，芊儿就把那书生记心里去了。丫鬟告诉小姐，这个儒雅俊秀的书生就是善州的秀才张君瑞！

说起张秀才，那可是善州女孩子的偶像。张秀才面对着桃花的绽放和绚烂，不由得咂舌："美啊，好美啊！"芊儿没想到一个男人这么喜欢花，还是人们对此有争议的桃花。

张秀才在花丛中待了很久很久。当他踏上归路时，又回过头对桃花说："你好好地开，明年的今日，我还来看你！"

第二年的这天，芊儿又来到桃园。没多久，张秀才真的来了。

看着这铺天盖地的红，张秀才很激动。他看到芊儿，先是皱了一下眉，然后和芊儿打招呼。芊儿笑着点点头。芊儿问他："就这么喜欢桃花？"张秀才说，在所有花中，他最喜欢的就是桃花。芊儿问："为什么？"张秀才说也不知为什么，好像他前世是一朵桃花。"自从知道这儿有片桃林，我每年都过来看，以前是，以后也会是。"张秀才说，"如果不来看看，这一年就好像白过了。"

后来芊儿让她爹花钱买下了这半个山坡。

后来，芊儿作出一个决定：在山坡上建一座庙。那座庙就叫桃绚庵。再后来，芊儿就削发来到这个庵里，成了这庵里的主人……

了空知道师叔在讲谁的故事，就问："芊儿为什么要到这个庵里来做主人啊？"

师叔念了声："阿弥陀佛。"

了空说："张秀才说每年都来看桃花的。说起来，芊儿是为了每年一次的相见啊。”

师叔点点头，又念声：“阿弥陀佛。”

了空说：“师叔，你说，芊儿苦吗？”

师叔摇了摇头。

了空说：“我真的不理解芊儿！”

师叔叹了一口气：“芊儿知道张秀才不是属于她的，但能让她每年见一次张秀才她就心满意足了。”

了空说：“芊儿太傻了！”

师叔念了一句：“阿弥陀佛。”

了空说：“师叔，我知道，是太痴了！”

师叔说：“世上的哪个人不痴呢？有人对钱痴，有人对情痴，有人对恨痴。芊儿是对爱痴！”

了空想了想：“师叔说的也是，你看我师父吧，他就是对桃花痴！”

这时，师父过来了。了空说：“师父，师叔说，桃花是她的佛？”

师父念了句：“阿弥陀佛。”师父不看师叔，把目光转向绚丽的桃花，“美啊，真的太美了。”

了空看到师叔脸上露出微笑，菩萨一样的。

师父给师叔深深鞠了一个躬：“累你了，又比去年多了一百树桃花。”

师叔脸上荡着笑，摇了摇头：“阿弥陀佛。”

师父说："我现在才知道，无论我怎么念佛，都不能消弭我的罪过。"

师叔说："你没罪，有罪的只是人的贪心。"

师叔说："知道我为什么落发吗？我就是想告诉世人，难道喜欢就一定要得到吗？守着，不是更美吗？"

师父说："是啊，守着是美，可要等一个春夏秋冬啊！"

师叔说："对我来说，那是短暂的。其实，等待就是拥有啊！"

了空看着师父和师叔，不知他们在斗什么机锋。但从两人的表情看，师父落于下风。师父显得很痛苦。

师叔说："你不要自责，有些事，是注定的！"

师父问："这不是理由。我的罪过我知道。"

师叔说："我常想，人如能像桃花一样，轰轰烈烈开一次，好好地结一次果，那该是多么美好的事。"

师父说："是啊。"

师叔说："可有些花是为结果的，有些花的绽放是为美丽的。我想，我的生命就为了等一个人。等那个人，一年一次来这儿看桃花！"

师父说："阿弥陀佛。"

师叔对了空一笑："知道我为什么不供佛吗？因为，我把那来看花的人塑到我心里去了！他才是我的佛啊！"

夕阳西下，了空和师父要踏上归程了。路上，了空说："师父，我知道师叔的故事了。"

老和尚没有说啥只是走。

了空说："师父，你说师叔苦吗？"

"虽然苦，你师叔每年还能等来他要见的人。可有一个人，自从在桃花中和他爱的那个人走开后，就再也见不到了，她走了，永远地走了……"师父眼里飘出了水雾……

了空看了看师父："你怎么流泪了呢？"

老和尚问："是吗？"

了空说："是。"

老和尚"哎"了一声，然后用衲衣擦了。只是又回过头来，对着桃花岭，念了一句："阿弥陀佛。"

桃花艳

是三月，一个天地都花灿灿的，香腥腥的。一切都是新的，暖的，嫩的，不经碰的。

诗人闵卿看着满眼的缤纷，心里却说不出的别扭。不是因这桃花开得不艳，桃花的美、桃花的红闵卿写过好多诗赞颂了，为此文友们称他“桃花诗人”。

春天是闵卿最喜欢的季节。因这季节，有桃花在盛开。桃花的盛开，那是一种生命的啼血，是呐喊，是倾诉，是新生，还是缠绵。当然，闵卿对桃花的灿烂有着很多种的诠释和理解。他的理解都和常人不同，好多人都说他中了桃花的魔、桃花的咒。

我就是中了桃花的魔。如果有来世，我愿托生成一朵桃花，就这样，鲜艳地开。

可如今，看着这遍野的桃花，闵卿眼里没激动，只有失望和叹息。一支桃花仿佛知道他的心事，故意把花伸到他眼前。那花开得正盛，像正午的阳光，激昂、热烈、投入、奔放。要在以前，闵卿早就开始抒情了，可今天，他只用手轻轻拿开那支桃花的艳，深深叹了口气：唉！

之后，闵卿就抬着步子，向山腰的静心寺走去。

悟了大师正在山门口看花。今天，来这儿看桃花的很多。俊男俏女，行走在桃花丛里，像朵朵游动的云。大师左手立胸，右手掐着念珠。看闵卿到了，念了一句："阿弥陀佛。"

闵卿也忙双手合十："大师，又来打扰了。"

大师说："你的季节来了，怎么，脸上何时起了阴霾？"

闵卿说："这也正是我来找你的原因。"

大师念了句："阿弥陀佛。"

闵卿说："大师，我就是不懂，我对很多人那么好，只要我能帮的人，我都尽力帮他们，可以说，为了我的这些文友和朋友，我是尽我最大的力量帮他们，我对他们无所图。但我想不通的是，他们为什么在一些场合对我进行攻击和诽谤呢？"

大师问："是吗？"

闵卿说："咋不是呢！他们说我这说我那，当然，我承认自己有缺点。人无完人，金无赤金。说我的缺点，我领；可他们把我的优点也说成缺点，这不胡说吗？"

大师就笑了，问："你是怎么来的？"

闵卿指指不远处拴在一枯树上正低头找嫩草吃的枣红马。

大师点点头，然后仰起脸说："都说吹面不寒杨柳风。来，咱们感觉一下，好不好？"

闵卿说好。

大师就一边走着一边问闵卿最近在写什么诗作；还有，学堂里的学子们怎么样了。闵卿都一一回答。走了一段路，悟了猛然问："你感觉这杨柳风怎么样？"

闵卿就抬头，仔细地感受了一会儿："很好啊，就像是一团面粉扑打在脸上，很舒服，很美。"

"你说得太对了，我也是这种感觉。不然，诗人们咋说是吹面不寒杨柳风呢！来，咱们跑几步，来感觉跑着这风是什么感觉。"说着大师率先小跑起来。

闵卿也跟着跑了。大师把脸仰着："来，感受一下风。"闵卿也就像大师一样，把脸仰着。

一跑动，风就明显急了，扑在脸上就有些力道，丝丝的凉。就有了些寒。虽风里有桃花的香，桃花的鲜，桃花的暖，可跑起来，还是能感到刚刚走开的冬，那种寒，还在很近的地方，一跑，就追上了。

跑到拴马的枯树前停下了，大师问："风还面吗？"

闵卿摇摇头："有些凉。"

大师点点头："你再骑马跑一下，感受一下这杨柳风！"

闵卿说："我来时你又不是没看到，我的脸让风吹的，像霜打的紫茄子。”

大师说：“那风怎么样？”

闵卿说：“就像刀子。你没看，我这一会儿才暖过身子来呢！”

大师念了一声：“阿弥陀佛。”

闵卿好像感悟到了什么，问：“大师，你让我感觉风，是否想告诉我什么？”

大师点了点头：“你好聪明。假如把你的走、跑和骑马比喻成你在诗文上的成就的三个不同阶段，如果把风比作红尘中人们对你的反应，你是不是能从中悟出点什么？”

闵卿说：“我愚钝，请大师明示！”

大师说：“活着的每个人都是苦虫，大家都想过得好一点。名与利是他们过好日子的捷径。所以好多人就对名利抓住不丢。当大家都盯着一个目标时，你感受到的阻力就像咱们步行时所遇到的风一样，很细微；你一旦比他们走得快了，就像你奔跑时一样，你比一些人优秀了，那样，你的阻力就会增大，吹在你脸上的风就要猛一些，你脸上就会遭遇寒意；如果你要是比一群人优秀了，那你所遇到的阻力就像你骑马所感受的风一样，吹到脸上那是刀子一样的寒风。这个时候，你想到的人是你的阻力，你想不到的人也是你的阻力，他们都是你的寒风啊！”

闵卿说：“谢大师指点。我明白了！”

大师说：“不要怨他们，他们也想过好日子。你要原谅他们。”

“我原谅他们？”

“你如能原谅他们，”大师指了一下桃花，“就会像这绚烂的桃花，开出自己的鲜艳，并能在属于自己的季节，结出充满汁水的蜜桃。不然，”大师就指指落在地上的谎花，“就如这些花一样，开时很鲜艳，可开后就败了。就什么也不是了。”

看着落在地上的谎花，闵卿知道，那是一些不能结果子的花。心里一动，他感觉，大师的一些话已让他的心门开了一条缝。

大师看了一眼闵卿，心里就明了了：闵卿的心门已开启了，就像那树上的花蕾，已开始绽放了。他明白，要想让闵卿心中的桃花开得灿烂和绚丽，还需再度一下。

这时，一老农牵一头牛从他们身边过。那是一头黄腱子牛。走到闵卿跟前，拉了一坨屎。闵卿忙用衣袖掩鼻，连说晦气。

大师看看闵卿，又看看正散发着干草热气的牛粪。大师被粪旁的一棵开得正艳的小桃树吸引住了。那株桃树只开着几朵花，但开得很努力，也很用心。

有风吹了过来，把牛粪的味道送过来，闵卿齉齉鼻子。大师看了，灵机一动：“如果在你前行的路上，有这么一树桃花还有这么一坨牛粪，你该怎么面对？”

闵卿说：“这个好说，踏着牛粪走过的，不是聪明人；一般人都会躲着走。”

大师说：“这是一般人的做法。假如是你呢？”

闵卿说：“我会到桃花跟前，深吸一口桃花的香气，然后再从粪旁走过。”

大师点点头：“这是聪明的做法。可还有一种更智慧的面对。”

闵卿皱起眉头想了想，抬头看了看悟了大师。

大师念了句“阿弥陀佛”，从腰间取出一把铲，来到那株桃树旁，挖了一坑，用铲把粪铲起，放到坑里，之后又用铲埋了。

闵卿说：“大师，我懂了。我懂了！”

大师说：“牛粪存在有它的道理。人啊，其实活着就要学会化解。把牛粪埋到土里做肥料，谁都会的。可很多人因牛粪的臭，就怨恨。一怨恨，就想不起来怎么做了。”

闵卿说：“大师，你说得对。”

大师说：“可佛知道。因为佛心里没有怨恨。”

闵卿点点头：“大师，我明白了！”

大师说：“你要不做谎花，就要记住：要善于把对自己不利的‘牛粪’化解成自己花朵鲜艳的养料。你只要这么做了，你这株桃树的花就会开得艳，就会结出汁水丰盈的蜜桃！”

闵卿说：“我知道了。”接着对着大师双手合十，“阿弥陀佛。”

悟了却转过脸，对着满山满野正绯红着鲜艳的桃花，念了句：“阿弥陀佛！”

桃花笑

了空跟着师父无尘去山下的镇子化缘。

虽是初春，风却明显地软了。像融在水里的冰糖，刮到身上还有些硬，可会闻到甜甜的气息，还有着香。了空就抽搐着鼻子闻，小狗一样的，好可爱。无尘回过头来看，什么都看到了，脸上没说什么，心里却笑开了。

抽搐着鼻子的了空仔细闻着风，他感觉到了香。这香，清爽爽的，暖乎乎的，还有一丝腥，艳艳的腥。了空向飘来香味的地方望去，他找到了——那是一片海——绚丽的海。

他用手指着那海，对老和尚说："师父，你看。你看！"

无尘老和尚就顺着他的手指望去，的确是一片海——灿烂的海。

老和尚说："阿弥陀佛，是桃花啊！"

小和尚说 :“师父，我想看看。”

老和尚想对小和尚说:孩子啊，咱们都是被红尘抛弃的人，桃花再艳再美，也不是我们的啊!可老和尚没这样说，望着小和尚那双什么也没有的眼睛,只是说:“好啊,咱们一块去看看。”

师徒俩就走向了那片红色的海。

铺天盖地的鲜艳一下子把他们淹没了。小和尚很高兴，大着声音叫 :“啊……啊……”小和尚叫得很忘我，小和尚叫得很疯狂，小和尚叫得很是小和尚。

老和尚也想像小和尚那样喊，可他不行，他是师父。老和尚就咽了两口唾沫，念了一句 :“阿弥陀佛！”

喊着喊着，小和尚猛然止住了。老和尚不知了空怎么了，就向他看去，发现小和尚在望着前面的几朵云发呆。

那几朵云是几个女孩。女孩是踏青的，来看桃花的。桃花这么缤纷地开，这么敞开心怀地开，这么无拘无束地开，女孩子们怎能沉得住气呢?

女孩来到桃林时，一下子被这么多的绚烂击中了，更被这片缤纷的海淹没了。当然，也被这么多的绽放感染了，她们就感觉自己也是这桃树上的一朵花了。女孩们就在这桃林里跳啊，跑啊，说啊，笑啊。她们一下子把这个春天撩拨得暖乎乎的，香喷喷的，闹腾腾的。

老和尚发现了空定定地看着一个女孩。那女孩是这群女孩中最小的一个，也就十五六岁的光景，和小和尚的年龄相仿。

女孩很文静，不像其他的几个那么一惊一乍，欢喜跳跃，而是静静地看着一朵花一朵花，好像在用心和花们交流。

女孩很美，美得就像一朵含苞待放的花蕾。

这时，女孩也许感觉到了小和尚。她回过头，发现了身后那双痴痴的眼睛。女孩定定地看了看小和尚，她看到了小和尚呆呆的目光，那目光很单纯、很洁净、很空灵、很陶醉、很可爱，还有一些是好笑，是傻得可爱的好笑。女孩就对着这目光一笑，当然，这笑是脉脉的笑，是只对小和尚一人的笑，笑是干净的，清纯的，可爱的，还夹杂着一些调皮。这个笑很美，很生动，就像那一朵朵正在妩媚的桃花！

啊，好美。小和尚喃喃地说："师父，好美！"

老和尚看着桃花："是啊，好美！真的好美……"

看着桃花，老和尚想起他的少年……

那是一个无忧无虑的年龄。他家南面的山上有一大片的果园，里面有很多的桃树、梨树、杏树什么的。天一暖，他就喜欢和寄住在自己家里的表妹凤儿去山上的果园里看花。果园里一个春天花是开不败的，先是杏花俏，然后是桃花艳，之后又是梨花白，再往后又是苹果花儿开，之后树下就会开满热烈的油菜花，油菜花用自己奔放的颜色把所有在这个季节的开放推向了高潮。之后就到了夏天，园里的石榴花在炎炎的烈日下像火一样燃烧着开放了，她把自己绽放成火焰，绽放成等待去亲吻的红唇……当然，他最喜欢看的是桃花，是和凤儿一起看。那一次，他和凤儿一起手拉手跑进果园，当时的桃花也和现在一样，正在如火如荼地开。他们跑进果园，在桃花里跑啊，欢呼啊，他记得他摘下一朵桃花，要给凤儿插在耳边，可凤儿接过桃花，却对他说，她听到了桃花在哭。他当时光顾喜悦了，不理解凤儿为什么这么说，他说："哪会呢。一朵花，哪会哭呢？"

凤儿说会。凤儿指着折断处，断处正有树汁流出来，她说："你看，桃花在流泪呢！"

他低下了头。凤儿说："桃花在疼呢！"他更不好意思了，头低得更低了。

凤儿说："答应我，以后不要再折桃花了，好吗？"

他使劲地点了点头。凤儿说："如果你真想折，你就把桃花想成是我。你一折，我就会疼，你就不会折了，好吗？"

他说："好好好。我以后永远不再折了！"看着他那副内疚的样子，凤儿猛地在他脸上亲了一口。当他抬头去看凤儿时，凤儿却扑哧笑了。凤儿笑得真美，绚丽，真诚，纯美，好像那一朵朵绽放的桃花……

没有多久，凤儿却得了一场病，病是坏病。凤儿走的时候，他只记得他哭了。哭得很厉害。凤儿让他不要哭，凤儿拉住他的手说："你答应我的，我记得呢，你不会再折桃花了，是吗？"他慌慌地点头："是的是的，不会了，永远不会了！"凤儿笑了。凤儿就这样笑着走了……

以后，每到桃花盛开的季节，看着桃花，他总会想起凤儿在桃花中的笑……

看着桃花，了空想，要是折一枝放到禅房的水罐里，桃花不是会开一禅房绚烂吗？想到这，就起身去折。当他的手搭上桃枝要折时，手腕却被老和尚攥住了。

老和尚说："不要啊，不要啊！"

小和尚不解。

老和尚使劲捏了一下小和尚的手腕，小和尚叫了一声。老和尚说："这样捏你一下你都叫疼。你折了桃枝，桃花也会疼的，桃树也会疼的，这个春天也会疼的！"

小和尚看了看桃花，又看了看远处的那朵云，云在向远处飘去。小和尚缩回了手。

小和尚说："对不起，师父。"

老和尚说："小狗小鸟是生灵，树也是啊，花也是啊，这些美好的东西都是啊！"

小和尚低下头："师父，我，我以后不会再折了。"

老和尚说："孩子，你记住，好好爱他们，他们就会给你好好地开花，开世上最最好看的花！"

小和尚说："我一定好好爱他们，不再让他们疼！"

老和尚眼里流出了泪。老和尚说："是啊，孩子，爱他们，不要放在嘴上，要放在心里。要在心里珍惜。要用一辈子来为他们祝福，像为师这样……”说着，老和尚双手合十，闭上了双眼，念了一句：“阿弥陀佛。”

小和尚也学着师父样子，闭上双眼念了一句：“阿弥陀佛。”

当小和尚闭上眼时，发现他的脑海里都是桃花，都是那个女孩的笑。小和尚说：“好美啊！”

老和尚知道小和尚看到了什么，就也闭上了眼，此时，他的眼前都是凤儿的笑，那是桃花的笑容啊……他禁不住双手合十，颤颤地念：“阿弥陀佛。阿弥陀佛啊……”

梅花瘦

了空在没当和尚之前，叫张君瑞，是一黉门秀才。

那时的了空很爱梅花。有一天，了空和学堂里的先生去静心寺听老和尚讲经，见禅院里育了很多的梅。先生就试探着问老和尚要。先生说自己喜欢梅。喜欢梅的高洁，喜欢梅的孤傲，喜欢梅的清香，喜欢梅的不屈……先生说了很多梅的好，最后问老和尚，能不能讨一株养。老和尚听了很高兴，说："我育的就是给人养的。梅能给你养，是梅的福。"并说，"在我这里只是开一禅院的香；如要到了学堂，就会开一学堂的香，一村子的香。"

就给了先生一株。

看先生能要来一株，了空也试着问老和尚要。没想到老和尚很爽快，也给了空一株。老和尚说："如若村子在冬天里都是梅花的香，那将是一件很美好的事，对我来说是一件功德无量的事。”

了空就和先生每人背着一株梅回到学堂。师徒俩就把梅栽到学堂前的菜地里。两人很爱护各自的梅。可令了空郁闷的是：他的梅就是没有先生的长得旺。

他就不明白：一样的梅，一样移栽的，又都栽在同样的土壤里，为什么长势不一样呢？

他问先生。先生一听这话脸就有些红了。先生看了看来唤他吃饭的夫人，告诉了空：“树和人一样，你要对它投入感情，并将之作为底肥。你投入得越多，树就会长得越旺，花就会开得多，开得大，开得香。”

说是这么说，可怎么样的投入法？了空很聪明，他就注意观察先生：他看到，先生每天都在下了课后写诗，写好后，就把诗稿埋到梅下。天天如此。

了空猛然间明白先生所说的感情了。

那时的了空已是张秀才了。当然，已是秀才的他心里早有了一个暗恋的人。那个女孩叫慧儿。他是在放学的路上见到的，当时女孩和父亲一起去地里锄草，慧儿肩上荷柄锄。就在他们擦肩而过后，女孩回首看了他一眼。他也回首望了一眼女孩。之后，他就放不下了，就好比女孩肩上扛的那柄锄，重重压在他的心上了。那时他早就定好了娃娃亲，那是三岁时父亲给定下的。定的是善州城里王员外的千金郁儿。

有和他一块同路的学友告诉他，女孩叫慧儿，是先生村上的一个佃户人家的女儿。并说女孩早被他爹许配给了南面十里外一个村上的员外做妾。了空就把这个叫慧儿的女孩暗暗记下了，有时一个梦里都是慧儿的影子。

了空就故意天天放学走那条路，期待着再遇见慧儿。可遗憾的是，他一次也没遇上。

了空知道了什么叫思念。思念就是对一个人牵肠挂肚地念想。于是他就开始把对慧儿的感情用诗表达。他清楚，表达出来的这个东西就是先生所说的感情。

了空也学着先生的样子把那些写了思念的诗词都埋到他的梅下。他想，来年的冬天，他的梅也会和先生的一样——绽一树的花，开一树的香！

转眼冬天到了，到了梅花绽放的季节，他看到先生的梅树上爆出了又多又大的花苞。可他的树上只挂了几朵瘦瘦的蕾。他想不通：对这株梅，我没少投入感情啊，论起来，比先生的还要多呢！

他问先生："我想不明白，梅这样对我，太不公平了！"

先生问："你给它投入的是什么感情？"

他脸一红："是对一个女孩的思念。"

"我知道你的梅为什么苞蕾这么少的原因了。"先生紧皱的眉头舒展了，问了空，"古人有句诗，人比黄花瘦，你知是为什么吗？"

了空说："知道，是因为思念。"

先生问："你知道我给梅投入的是什么感情吗？"

了空摇了摇头。先生看着梅花，深深地吸了一口气，很陶醉。望着了空好奇的眼睛，先生说："我用的是爱啊！是对你师母浓浓的爱啊！"

后来了空去寺里做了和尚，他跟着师父念完早课后就去后院侍弄梅。师父看他这么喜欢梅，就专门给了他一株，让他侍弄。师父说："空门和红尘一样，都需要自己去悟。你要从养梅的过程中，悟出什么是佛，什么是空。"

了空想，这有什么难的，如何养梅，以前我在学堂里就跟着先生学会了。怎么养，关键是给梅上好底肥。用什么做底肥，用爱啊！

了空没有和老和尚说这些，心想，到我的梅树开了满树的花，开了满树的芬芳，再和师父说吧！

了空每天做完早课就开始写诗，写关于爱的诗。当然，这些爱的诗都是那么热烈和真诚。最后都被他埋在了梅的树下，做了梅的底肥。

夏天风干了。秋天也丰收了。转眼风里长骨头了，之后长刀子了。雪就开始飘舞了……

每天，了空都去看他的梅。大雪开始飞舞了，他发现，他的梅也开始开花了……只是让他意想不到的是：他的梅比起师父的，花蕾不光少，而且苞还小，还瘦。

了空不明白，心想：我给梅施的底肥可都是爱啊！

老和尚听了什么都不说，只是念了一句："阿弥陀佛！"

了空问师父："为什么？为什么啊？为什么会是这样啊？"

老和尚说："你看看我给梅施的都是什么肥你就明白了。"

了空就随着师父来到了师父的梅园。梅园里有一个用泥糊好的坟样的土堆。老和尚指着土堆说："那里就有你想要的答案！"

了空打开土堆一看：土堆里埋的是从茅房里清理出来的正在发酵的粪便！

了空问："你，你就是用这个做底肥？"

老和尚点了点头。

了空说："不对啊，在学堂的时候，先生对我说，要用爱啊！"

老和尚说："对啊。先生说得对啊！"

了空更不明白了。

老和尚说："对梅来说，发酵好的粪便就是最好的爱啊！"

了空说："可这些都是肮脏的东西啊！"

老和尚说："对我们来说是粪便，可对梅来说，却是最好的爱啊！"说着他闭上了眼，深深地吸了一口梅花的清香，"这些就是佛。因为他们是真啊！"

了空猛然明白了。他也学着师父的样子美美地吸了一口寒风，一滴泪从他的眼眶流出。老和尚清楚，这滴泪就是了空的梅为什么瘦的原因。他对着佛祖的方向响亮地念了一句佛号："阿弥陀佛！阿弥陀佛啊……"

莲花香

悬心山下有个村子叫闵家庄。村里有个学堂。学堂里有很多的学子。当然了，很多的学子中有用功的，还有一些不用功的；有听话的，还有些是不听话的；有成绩好的，还有是不好的。一这样，学堂里的先生就会很烦恼。先生姓闵，叫星举，是个黉门秀才。闵秀才就常常为此叹息。

哎！有时不听话的多了，闵秀才的叹息就会重：唉！

一到唉的时候，闵秀才就皱着眉头思考。有时很快会把一些问题想清楚，秀才嘛，脑瓜还是很灵光的，比一般人转得快。但也有转得慢的时候，闵秀才就上悬心山。山上的风清，一吹，有时问题就会吹开的。可有时风再清，也把问题吹不开，那样，闵秀才就会到净心寺，找悟了老和尚。

悟了老和尚一看闵秀才的表情，就知他为什么来寺里了。

虽然都是痛苦，但有的痛苦是写在脸上，有的是写在心上的。写在脸上的痛苦是脸上的肉在疼，写在心里的痛苦是眼神在痛。两者是不一样的。这些，瞒不了悟了老和尚。

这是春日的一天，闵秀才又上了悬心山，来到了净心寺。佛堂里光了空小和尚在。拜完佛，闵秀才就问了空："悟了老和尚呢？"

小和尚用手指后院："师父在花园里整理花草呢！"

闵秀才就朝后院的花园走去。悟了老和尚正在拿着剪刀修剪花草。只见他手中的剪刀上下翻飞，此起彼落。一些花草的枝条随着剪刀的飞舞落入了尘埃。

可老和尚在修剪花草上不按常理下剪，明明是很茁壮的枝条他却剪去，但对一些枯枝浇水施肥，格外照顾。还有的明明长得很茁壮，他却把其连根拔起，移栽到泥盆中。最令闵秀才百思不得其解的是：悟了老和尚用锄在没长任何花草的空地上锄来锄去。他没问为什么，只是把眉头拧得越来越紧。

当闵秀才的眉头拧得像根绳的时候，悟了老和尚开问了："又是为学子们的事来的吧？"

闵秀才没有说是也没有说不是。老和尚知道他说准秀才来此的目的了，继续说："世上万事，皆归一理。作为先生和花匠，实际上是在做着同一件事啊！"

闵秀才还是没有吭声。

老和尚说："我照顾花草，等同于你教育你的学子。人是怎样培育的，花草也应该是那样的。”

闵秀才摇摇头：“师父所言差矣。花草树木是静止不动的植物，你给它水分、阳光、空气和养料，它就会茁壮成长。它又不会跟你调皮，和你玩心思啊！”

老和尚说:“世上万物道理都是相通的。实际上都是一样的。”

秀才没有吭声。悟了老和尚知道秀才这是不服呢，就笑了笑：“照顾花草和培育学子一样。你也看到了，刚才我把那些看似繁茂，实际上是生长错乱不合规律的花草，剪其枝蔓，去其杂叶，目的是免得它们浪费养料，只有这样，花草才会发育得好，才会按人们的意愿长成人们喜欢的样子。这就好比使那些年轻的学子们收敛气焰，去其陋习和恶习，把自己的成长纳入正道一样。”

闵秀才听到这儿没有说啥，只是两眼望着悟了老和尚。老和尚知道，他的话已把秀才打动了。老和尚接着说：“知道我刚才为什么把这株发黄发瘦的牡丹连根拔起栽入这个泥盆中吗？这个泥盆中的土壤是我就这株花一年所需要的养料按比例配制的，目的是使这株花离开这个不适宜它生长的贫瘠土地，去接触这适宜它生长的沃土。这就好比使你的一些生活在乌烟瘴气中的学子离开其不良环境，到良好的环境中接触良师益友，获得更高的学识一样。知道孟母三迁的故事吧？”

闵秀才点了点头。

老和尚说：“昔日孟母为了给小孟子寻找一个好的生活环

境，三迁其家。后来孟子终于成为一代大儒。可见，环境对学子的影响是多么的重要啊！”

闵秀才说：“你说的这些我都能明白，但我不明白的是，你为什么要给那些枯萎的花木浇水？”

“给枯木浇水，实在是因为那些花木的枯萎，看似已死，实际内里却蕴藏着无限的生机。你看，”老和尚怕闵秀才不相信，用手掐断了一枝看似枯死的花枝，就见断处正沁出新鲜的汁水，“这叫皮死心不死。就好比一些调皮捣蛋的学子，不要以为他们是不可救药的，对他们灰心放弃，要知道人性本善良，只要悉心照顾，用法得当，终能使其得到重生。一个先生，教育出栋梁之材固然重要，但我认为，如果一个先生能使一些不可救药的学子得到重生，成为社会的有用之才，那是无量的功德啊！”

闵秀才说：“我明白了。”

老和尚说：“我知道你刚才为什么把眉头拧得那么紧。你是对我在这些空白的土地上锄地不理解。我这样做，是为了松动硬土。因为土里有我种的花种，土壤松动了，那些等待开花的种子才能萌芽，才能成长。这就好比那些贫苦而有心向上的学子，你帮助他们一下，他们就会破土发芽，开出鲜艳的生命之花啊！”

闵秀才听到这儿，对着老和尚深深作了一揖，说：“谢谢师父，我知道自己该怎么做了。”说完转身要走。老和尚说了声：“慢！”

闵秀才回过身，老和尚说：“你跟我来！”

闵秀才随老和尚来到斋房。老和尚指着装满水的木桶和一个茶罐对闵秀才说：“你用木桶里的水把这个茶罐灌满。”闵秀才看了看老和尚，老和尚的目光很慈祥。闵秀才就把木桶歪着，往茶罐里倒水。茶罐不大，容积只有木桶的四分之一，但口小，不好灌，就有很多的水洒出来。闵秀才抬头看了看老和尚，老和尚正仔细地看着他手中的木桶。闵秀才只好继续灌下去，等到把木桶里的水都倒光的时候，茶罐才灌满。闵秀才看着地下的水，有些不好意思：“你看这水洒的，一斋房都是。”

老和尚却没管脚下的水，只是说：“我让你用木桶往茶罐里灌水是想告诉你，要想灌满这一茶罐，那得需要这一桶的水啊！面对你的学子们，要想传授给他们一茶罐的知识，你没有一水桶的学问那是不行的啊！不然，你这个先生就是误人子弟啊！这是……”

闵秀才挥手打断了老和尚的话：“师父，你不用说了，我知道你要说什么。你放心，我会永远记住你的话的！”说着抬头看了看太阳，说，“我该走了，孩子们要来上课了！”接着施了一礼，走了。

望着闵秀才急匆匆的背影，悟了老和尚双手合十，很响地念了声：“阿弥陀佛！”

真爱是佛

事是去年冬天的一个晚上。那天下着雪。雪不是很大，但从容不迫，很缠绵。那天因为一点家庭琐事我和老婆斗起了嘴。老婆的嘴很厉害，机关枪似的，吵得我头都大了，我就感觉我像一个气球，要爆炸了。一气之下，我走出了家门。

外面白茫茫的一片。出了门我才想起，去哪儿呢？看了看家的方向，我知道家里还弥漫着硝烟，是不能回的。唉，很久没去好伯那儿了，到他家坐坐吧！

好伯今年七十多了，一个人住在村子的边上。以前我常去他那儿的，在他那儿，我学了很多做人做事的道理。好伯是一个很有智慧的人。

好伯见我进门，很惊讶。就笑着问我："你可是有好长时间没来了。"

我说："是的，有很长时间了。天天写，忙啊！"

好伯递给我一个马扎，让我坐下。我苦笑着说："好伯，很久没听你讲古了，讲一个吧！"

好伯笑着看了我一会儿："好吧。"接着就讲了——

说的是很久以前，有一对母子相依为命，当儿子长到二十来岁的时候，迷上了修仙成佛。由于年轻人心思都在烧香念经上，所以家里地里的活儿都落在他母亲身上。有一天，年轻人听说在千里之外的龙山上有一个开悟的和尚，是天下最有智慧的得道高僧，世上没有难住他的事。年轻人就想：我天天这么虔诚地烧香念经，为什么就是见不到真正的佛呢？不行，我得去龙山。

当然那也是个冬天，年轻人就瞒着母亲，偷偷地打点了行囊，悄悄地去龙山了。

年轻人翻了很多的山，蹚了很多的河，终于来到了龙山，见到了那个开悟的高僧。年轻人虔诚得像见了佛祖一样纳头便拜，请高僧给他指点迷津。

年轻人问高僧："我天天磕头烧香，天天念经祷告，可我一次佛也没见到。世上到底有没有佛呢？"

高僧说："有。怎么没有呢？"

年轻人问："怎样才能见到我一心参拜的佛呢？"

高僧问明年轻人的身世和他的状况。知道年轻人是一个很虔诚的修炼者。高僧就说："佛其实很好见，关键是你的眼睛能不能看到啊！"

年轻人说："我的眼睛非常非常好，就是在漆黑的晚上我也能看个百米以外。"

高僧笑了笑说："佛其实很好找，就是为你赤脚开门的那个人！"

年轻人从此就踏上了寻佛的路。他专门在夜晚去敲旅店的门，敲亮着灯或不是亮着灯的门。可每次出来给他开门的人都不是赤着脚的。转眼一年过去了，年轻人没有遇到一个赤脚为他开门的人。年轻人就有些失望了。年轻人想，也许这世上没有佛吧。于是年轻人踏上了回家的路。

那天也像今天一样，也是下着雪。那天的雪要比今天大。来到村子时，已是深夜了。年轻人就敲响了自家的门，年轻人说：娘，开门！我回来了！

年轻人话音没落，门很快就打开了。娘满脸泪花地站在年轻人的面前。娘有些不敢相信："我儿，真的是你回来了？真的是你回来了！"

年轻人说："娘，真的是我回来了！"年轻人这时才发现，娘是光着脚的……

望着光着脚的娘，年轻人猛地明白谁是佛了……

好伯给我讲完有好大一会儿不说话，好久才说："天很晚了，回家吧，过日子哪能都是上坡呢！回家吧，晚了，小孩的妈牵挂！”

我只好踏上了回家的路。现在雪很厚了。别看着雪小，其实一个劲地下，照样是大雪的。我敲响了家门。我说：“开门！开门！”

门很快打开了，老婆站在门口。老婆看见我，眼里的泪哗地流了下来。

我这时才发现：老婆是光着脚给我开的门！我的心湿润了。

我转身把门关上，然后轻轻地抱起妻子……

真　佛

从前有座山，叫悬心山。山很高，都高到云里去了。山腰上有座庙，庙不大，也不新，看样子是有些年岁了，门上的朱漆都老黑了。庙里有两个和尚，一个老一个小，老的有很大岁数了，胡子都老白了，白得很长，都长到老和尚的胸前了；小的呢没多大，十四五岁的样子，眉朗目爽的，很清秀。

每天天一亮，老和尚就领着小和尚做早课。早课就是诵经。念九九八十一遍的阿弥陀佛。念的时候，小和尚敲木鱼，老和尚敲磬。小和尚一边念着阿弥陀佛一边敲着木鱼，梆梆梆梆……这梆梆之间响声的间距是均等的，木鱼声就显得是那样祥和，老和尚的磬就敲得非常轻松。一个佛堂里就都是祥宁和虔诚的声音。老和尚就很满意。老和尚就闭着眼，享受着这份安宁，这份幸福。

小和尚的木鱼也不是回回敲得这么稳当，有时小和尚不高兴了，木鱼声就会敲得没了章法，不光急，还乱，嘈杂杂的。老和尚虽闭着眼，可心里看得清清楚楚：这是心里有事呢！心里没事哪能敲出这样的木鱼声呢？一定是有事，或是心里不愉快。老和尚就在心里叹了声：唉！当然，老和尚这声叹叹不出口，他是师父，师父是不能叹出口的。老和尚一大把年岁了，这个，老和尚懂。

这一天，小和尚在做早课，木鱼又敲得没章法了，不光急、乱，还有着一些怨气，好像心里有多少委屈和意见似的。老和尚睁开一只眼，是微微睁开的。老和尚看到小和尚在看着自己的草鞋，草鞋的鞋底都烂了，而系在脚面上的鞋带却完好如初。老和尚知道是小和尚这段时间天天下山的缘故。下山是化缘，是去善良人家收获善果的。老和尚知道，凡尘有很多播种善种的人，种子种了，如若不收，那善人们的所种和心血就都随水而逝了，这是一种罪过，这是对善人的亵渎，这是出家人的失职。老和尚就望了望庙门外的路。路是山路，陡陡峭峭，弯弯曲曲，漫漫而迢迢。可这是唯一一条通向下面镇子的路，是庙门走向尘世的路。老和尚知道这条路不好走，其实，世间的哪条路是好走的呢？好走，我们就不会来当和尚了。老和尚就又叹了一声。当然，老和尚的这一声叹是叹出声的。

老和尚说：“唉！”老和尚重重地敲了一下磬。

小和尚抬头看了一下师父。师父还是闭着眼诵经。小和尚又望着自己脚上的草鞋，小和尚知道师父已经知道了自己的那点心思。师父过的桥比我走的路都多呢！小和尚开始老实地敲自己的木鱼了。梆。梆。梆……

做完早课，用完斋饭。小和尚又该和昨天一样，下山化缘了。小和尚有点不想去，收拾自己有点慢慢腾腾的，老和尚望了一下远方山下烟雾缭绕的村镇，说：“该下山了。”

小和尚说：“师父，下山的路太难走了！”

老和尚知道小和尚为什么这么说。庙门前的这条路真的难走，作为出家人，能有一条路让走，这就是福了，小和尚小，有很多的事不懂，他这么大的年龄能懂什么？除了知道路不好走，还能知道什么呢？老和尚明白现在还不能对小和尚说这些。说了，小和尚的木鱼会一辈子都敲得没章法。一次两次三次木鱼敲得乱，没关系，如若一辈子的木鱼都敲得没章法，那是罪过啊！老和尚不敢想了。

老和尚说：“缘还好化吗？”

小和尚说：“化是好化。就是路太难走了。你看，我的草鞋！”

老和尚其实早看到了。可老和尚还是弯下腰看了眼小和尚的草鞋，老和尚就又叹了声：“唉！”

老和尚知道，叹完这一声小和尚心里一定会熨帖好多。老和尚还知道，小和尚虽说是空门之人，可他还不把自己当成和尚来看。他还把自己当作是红尘中的小娇娃。可你早就不是了。你早就被红尘抛弃了，我的孩子。老和尚想，小和尚还小，有些事是需要悟的，可有些事还是需要说的。不过，说也得找准机会。找准机会，听者才会悟得透，悟得深。

老和尚望了一眼佛像："今天，师父就陪你一块下山吧！"

而在此时，庙门口来了今天的第一个香客。

香客是个拖巴子。拖巴子就是两只脚都没有而用手走路的人。拖巴子走路很艰难，他先把身子趴下，两个手在前面抓着路面，然后身子向前一弓，两条没有脚的腿就"走"了一"步"。拖巴子走得满头大汗。两条腿被山路刮磨得血淋淋的。拖巴子四十多岁的样子，浑身脏兮兮的，脸上毛茸茸的，唯一给人印象的是他的眼睛，好像里面有钢钩，看什么都狠狠的，都想一把抓住似的。看到这个眼神，老和尚心里一惊。这是一双不屈的眼睛啊。老和尚知道，自己在这双眼睛跟前是惭愧的，是抬不起头的。

小和尚定定地看着这个香客，香客身上背着一炷香。香在拖巴子的肩上随着他的"走"动一起一伏。那双眼神让小和尚一颤，小和尚手里拿着的背袋掉在了地上。

小和尚忙跑了过去，他想去搀拖巴子。拖巴子望着小和尚伸过来的手，摇了摇头。然后，又独自"走"进了庙门，"走"进了佛堂。

拖巴子把背上的香取下，递给小和尚："小师父，麻烦把香给我上上吧！"

小和尚把香点着插入佛前的香炉中。拖巴子双手合十，然后深深地弯下腰，磕了一个响头。

拖巴子说："他们都说我是没腿的人，说我上不了悬心山，说我不能来给你上香，我不信。我知道，我虽然腿有残疾，但我的心没有残。我一定能上了悬心山。我爬了整整七天七夜。在这七天七夜里，我没让一个人搀扶我，我就是靠着我的一双残腿走上来的。佛啊，我是个穷人，我今天什么也没给你带来，只给你带来一炷香。"

老和尚说："阿弥陀佛，施主，这就够了。我想，佛祖看到你能来到他的身边，他就很高兴了，别说你又给佛祖上了一炷香。"

拖巴子说："那我就谢谢佛祖了。"说完就又看了看佛祖，然后默默转身，向回路"走"去。

老和尚说："施主，你不向佛祖求什么吗？"

拖巴子停下了，摇了摇头，然后又一"步"一"步"向山下"走"去。

老和尚对着拖巴子的背影念了句："阿弥陀佛！"

老和尚望着拖巴子的背影对小和尚说："他是最懂佛的啊！"

小和尚不明白，用眼望着师父。

老和尚知道小和尚为什么望着他。老和尚就又说了句："其实，他就是佛啊！"

小和尚还是不懂。老和尚说："每个人都是自己的佛，关键是我们自己能不能找到啊！找到了，那就是自己的福啊！"

而那个拖巴子，已消失在下山的路上了。

小和尚低下了头。再抬起时，小和尚眼里涨满了泪。老和尚知道，小和尚那是惭愧得。

小和尚说："师父……"

老和尚说："你不要说了。你现在明白就不晚。走，师父和你一块去！"

小和尚摇了摇头："师父，不了。"接着就拿起背袋和饭钵，敲着木鱼下山了。

木鱼声清脆嘹亮，节奏急缓有序，响彻悬心山。老和尚听着木鱼声，对着小和尚的背影深深地念了一声："阿弥陀佛！"

玄缘记

秀才闵卿每到月末的最后一天都到悬心山静心寺找悟了大师手谈。

今天，当悟了大师说世上的事有很多都是注定的时候，闵卿摇了摇头："不，我不相信。"

闵卿说："我相信汗水和心血。"

闵卿说："一朵花的绽放是需要浇灌的。这花就是缘分，就是爱情啊！"

悟了大师没点头也没摇头，只是长诵一句佛号："阿弥陀佛。"

闵卿说："可为什么就没我钟情的女孩呢？"

悟了大师说："那是你没遇到啊。"

"怎样才能遇到啊？"

“要靠缘的。”悟了大师说，“没缘你永远也遇不到！”

闵卿哈哈一笑：“我来找你这个开悟的大师指点，怎么还给我卖关子呢？”

悟了大师也一笑：“天机不可泄露啊！”

闵秀才说：“我昨夜做了一个梦，梦见一个女子，说是我前世的女人。我清楚地记得，是在你的这里见到她的。所以我今天就这么早地赶来在佛祖跟前烧了三炷香。”

悟了大师说：“也许这就是天机吧。”

闵秀才说：“我这样说你相信吗？”

悟了大师说：“我信。只要是真的，我都信！”

闵秀才说：“天地玄黄，宇宙洪荒，万物都有灵性，难道，爱情也有吗？”

悟了大师说:“爱是两颗心的颤抖，怎么会没有呢？有的啊！”

闵秀才说：“我不信。不信！”

悟了大师说：“有想就有因，有因就有果，有些东西冥冥注定是你的，你想躲，其实是躲不了的！”

闵秀才哈哈一笑：“大师啊，自从我认识你之后，不知为什么，我怎么一个劲地想找个爱我的女子啊？”

悟了大师说：“这就对了，因为你是人啊！”

闵秀才不明白大师为什么这么说，大师说：“知道六月的知了是怎么飞上天的吗？”

闵秀才说：“知了原是土里的虫，出了土，蜕了壳，就会飞了。”

悟了大师说：“有了女子，有了孩子，你才会像知了一样飞上天了呀！”

闵秀才说：“我不懂你说的话。”

悟了大师说：“现在你不必要懂。以后，你会懂的！”

这时一个沙弥过来了。沙弥面对大师双手合十：“师父，有一施主想找你求卜一卦。”

悟了大师说：“好，让他过来吧！”

沙弥说：“是一女施主。”

悟了大师说：“我眼里只有要普度的众生，没有什么男人和女人。”

沙弥又说：“是山下镇上王千户的夫人和她的千金！”

悟了大师的心微微一颤，说：“阿弥陀佛，领她们到这儿来吧！”

沙弥退下了。闵秀才问：“大师，我还是回避一下吧？”

悟了大师问：“你为什么要回避呢？”

闵卿说：“我也不知道。”

悟了大师微微一笑：“天下本无事，多心多扰之啊。”

闵卿听了脸就红了：“那我就随着她们感受大师的度吧！”

悟了大师听了念了一声：“阿弥陀佛”。这时，一位五十多岁的中年妇女走进了禅房，身后跟着一妙龄女子。

中年妇女进禅房后脸微微红了一下，对着悟了大师双手合十，深鞠一躬："阿弥陀佛。"

悟了大师也念了一句佛号，问："施主一向可好？"

王夫人说："托菩萨的福，还算可以吧。但有一事，是我的心病，小女今年已过二十，还没有婚配，我心急啊！"

悟了大师说："是不是想给女儿求个签？"

王夫人说："是啊，我想请大师看看女儿开没开婚。"

悟了大师用眼角扫了一眼缩在王夫人身后的小姐。小姐长得婀娜多姿，像六月的蜜桃那么充满汁水。悟了发现小姐的目光在盯着自己看，脸上露出了红晕，像天空的两朵彩霞。悟了就什么都明白了。悟了就念了一句"阿弥陀佛"。

悟了大师在心里叹了一声："施主，不是小姐不开婚，是小姐没遇到可心的人啊！"

王夫人说："不会吧，已说了不下十来户人家的公子了。我们就这一个闺女，我们可不像那些做父母的，自己看着可以就算了，我们都要云儿看的，她看不上的，就是再门当户对，我们也是不愿意的。我们想要云儿快乐。她要是嫁给一个她不喜欢的人，她会快乐吗？"

悟了大师说："你说得太对了。云儿能托生给你做女儿，是她的造化啊！"

王夫人说着叹了一声："大师，你说，云儿喜欢的男孩有吗？"

悟了大师说："有啊。"

王夫人说 :“真的? 大师，你知道在哪吗? ”

悟了大师说 :“说远，远在天边 ; 说近，近在眼前。”

王夫人这才仔细地看了看周围。她发现了大师身后的闵卿秀才。王夫人说 :“难道，是他? ”

悟了大师点了点头 :“闵秀才，还不快点过来拜见王夫人! ”

闵卿上前施礼 :“小生闵卿拜见王夫人! ”

王夫人定睛看了一下闵秀才，不由倒吸一口气 : 天下竟有这么标致的男孩! 她又回头看了一下女儿，看出女儿的眼里柔出盈盈的水波。王夫人长出了一口气 :“闵秀才免礼。”

闵秀才站在了一边。王夫人又上下打量着，边看边不由得在心里感叹。怪不得女儿不喜欢那些达官显贵家的孩子，他们和闵秀才比，好似石头和璞玉啊!

悟了大师心里明镜似的，他用眼角看了一眼磬。磬是黄铜制成的，明晃晃地映着大家的身形。大师敲了一下磬。他看到，各位的影子一下子被敲碎了，他感觉，这样很好!

王夫人在磬声的回响中回过神。她站起身，对着悟了大师双手合十施了一礼 :“既然是佛祖成全，还望大师费心! ”

大师看了一眼含羞的云儿，细听一下后面闵秀才的气息，就什么都明白了，大师高声念了一句 :“阿弥陀佛! ”

之后，王夫人起身告辞。离开的时候，云儿回了两次头，再回第三次头的时候，被王夫人拉住了。

悟了大师破天荒送了王夫人。以前悟了大师从不送人的，这次送了王夫人，跟在大师身后的闵卿很纳闷。

之后回到禅房，悟了大师对闵卿说："回家找人去王府提亲吧！"

闵卿问："你没问我对那个姑娘的印象如何，怎就知道我会愿意呢？"

悟了大师说："我不要问你。我知道你的心。去吧！到时候我会去喝你们的喜酒！"

闵秀才差人去王府提亲。听说是闵秀才，当即就应允了。次年春天，闵秀才和云儿喜结连理。当然，婚礼是悟了大师主持的。仪式结束后，悟了大师要回寺院。闵秀才知道有些事真该好好问问悟了大师。

闵秀才说："大师，你怎么知道我会和云儿成为夫妻的呢？"

悟了大师心里一震。他说："当你看见云儿第一眼的时候，我就知道了。"

闵秀才更不理解了："我当时站在你的身后，你是看不到我的表情的。"

悟了大师说："你当时站在我的身后，我虽然没有看见你脸上的表情，可在我一旁的磬却告诉了我。"

"磬告诉了你？"闵秀才更如丈二的和尚摸不着头脑。

悟了大师说："是啊，我一旁的磬，映着你的脸。当你看到云儿的时候，我看到你倒吸了一口凉气。从你倒吸的这口气上，我就知道，你被云儿吸引住了。”

闵秀才说："就算你说得对。可你怎么就知云儿会对我钟情呢？”

悟了大师说："也是磬告诉了我。”

闵秀才不解。

悟了大师说："磬就是一面镜子。是一面心镜。云儿脸上的红晕映到磬上，我就清楚了。云儿的红晕是为你起的，因为，她的春心已经浮动了。春心是什么？就是欢喜心。就是王夫人说的开婚啊！”

闵秀才说："我明白了。”

悟了大师说："你说明白其实你什么都不明白。你不说明白也许你什么都知道了。有些事你看的只是表面。而真正的原因你是不会知道的。”

闵秀才说："大师是说？”

悟了大师双手合十，说："阿弥陀佛。那是天意。有些姻缘是天定，有些姻缘是人定。无论天定人定，都是佛祖的意思。”

秀才对着悟了大师施了一礼："多谢佛！”

悟了大师哈哈大笑，然后扬长而去。

其实，闵卿做梦也想不到，他和云儿的姻缘，是悟了大师一手促成的。因为，云儿是悟了大师的女儿。那是悟了大师出家前的一段孽缘……

自己的天空

静心寺的了空老和尚抱回无了那是在一个大雪纷飞的夜晚。

了空老和尚去山下的镇子给一个员外做法事。回来的路上，老和尚发现了无了。无了那时正躺在雪地里哇哇地哭。无了的哭声很凄厉，好像很不愿意到这个尘世来似的，非常非常地委屈。雪花在飞舞，寒风在怒号，无了的哭声是那么的微弱和不堪一击。本来老和尚是不会发现无了的，一般晴朗的日子老和尚是走山后的那条小路，那条小路虽不好走，并且还远，可老和尚爱走。老和尚一般都走那条路。老和尚走得扎实稳健，面色红润。为此寺里的很多和尚们都想不透老和尚的心思，都说老和尚费解。

那天深夜老和尚走了山前的那条大路。这条路不光平坦而且宽敞。老和尚走着就听到了无了的哭声。无了那时刚出生不久，正躺在路边，用一个竹筐盛着，无了就在那个竹筐里哭。老和尚年纪虽然老了，可耳朵没老。老和尚听到了。出家人慈悲为怀，老和尚走到竹筐前。老和尚又转身看了看前后和左右，周围都是茫茫的风和雪。老和尚念了句阿弥陀佛。老和尚就抱起了孩子。说也怪，老和尚一抱，那孩子就不哭了。老和尚就叹了一声："这孩子与佛有缘呢。"然后，老和尚就脱下了身上的袈裟和棉衣，包紧了孩子。接着，老和尚就把无了抱回寺里来了。

无了是一寺的和尚们拉扯大的。他那时还没名字，大家都叫他小家伙。一寺的和尚们都小家伙小家伙的叫。小家伙稍稍懂事了，有一天，小家伙问老和尚："师父，他们都有名，为什么我没有呢？"

老和尚知道，小家伙已经不再是小家伙了，小家伙该有个名了。于是，老和尚就给小家伙起了一个法名叫无了。

无了那时没有理解老和尚给他起这个名字的含义，只觉得他也有名了，不再是小家伙了。无了那时很勤快，每天他比谁起得都早，先去庙前的山溪里挑水，水缸挑满了，再去打扫佛堂和庭院。打扫完了，做早课的钟声也就响了。无了就开始诵《炉香赞》《楞严咒》《心经》《三皈依》《韦陀赞》《阿弥陀佛经》等，当然有时还念《大悲咒》《弥勒尊佛经》什么的，念过之后，无了就觉得心里特清凉，轻松，接着就用斋。用过后，无了就被老和尚安排到山下的镇子去买寺里一天所需的日常用品。回来后，还要干一些杂活。接着再跟老和尚做晚课。完了，无了还要读经，还要听老和尚讲经。有时一读就到深夜。就这样，在晨钟暮鼓中，十年间弹指而逝了。

有一天，无了稍稍有了一点空闲，便和师兄师弟们在一块闲谈。闲谈中无了发现别人都比他过得清闲，只有他一人忙忙碌碌。他还发现，虽然别的和尚也会被分派到山下购物，但他们去的是山前的村镇，走的都是庙前的那条又近又平坦的大路，买的也都是轻便好拿的那种。不像他，这十年来，老和尚一直让他走庙后的那条崎岖的山路，路难走不说，还得再翻两座山，蹚一条河，回来时肩上自然还要背很多的物品。无了就很委屈，明明有近路，师父为什么要这样折磨我呢？难道就因为我是一个没爹没娘的弃儿吗？无了想不通了，他就去找老和尚。老和尚那时已升为方丈。无了不解地问方丈：“师父，为什么别人都比我自在呢？没有人强迫他们干活念经，而你为什么要求我干个不停呢？”方丈听了只是念了一句佛号：“阿弥陀佛。”然后就走开了。

第二天中午，当无了扛着一袋食盐从后门进来时，发现方丈在门口等他。方丈说：“放下东西后随我去前门，我告诉你想知道的东西。”无了把食盐交了，然后来到前门，方丈打坐在门的一侧，闭目不语，无了不知师父要告诉他什么禅机，便侍立一旁。方丈睡着了一样，无了就小心地陪着，他知道，师父让他来要告诉他的答案他得耐心地去等。

转眼间太阳已从一个火球变成了一个大橙子，庙前的山路上出现了几个和尚的身影。当他们看到打坐在庙门口的方丈时，都吃了一惊，方丈的睡眼一下子睁开了，他把几个和尚唤到身前平和地问:“我让你们一大早下山去买布匹和灯油，路这么近，又都是坦途，你们咋到这时才回来呢？”几个和尚面面相觑，其中一个身上背着布匹名叫无尘的说：“师父，我们每天都是这个时间回来的呀！”方丈问：“十多年了，你们都是这个时间回来的？”无尘说：“是的，我们在路上说说笑笑，看看风景，一般回来都是这个时间。”

方丈就问无了：“寺后的那条路说起来要比这条路长两倍，况且还要翻山越岭，蹚河涉水，道路还非常坎坷崎岖，你身上物品又比他们的重，为什么你每天回来得要比他们早呢？”

无了说：“我每天在路上都想着快去快回，因为肩上扛着很重的物品，每走一步，我都非常注意自己的脚下，所以，我的每一步都走得非常平稳和扎实。十年来，我已养成这个习惯了。每次下山，我心中只装着早去早回这个目标，相应的，再远再难走的道路在我的脚下已不再难走了。”

方丈听了，说:“阿弥陀佛。道路平坦了，心反不在目标上；艰难崎岖的路途，才能磨炼一个人的心志啊！孩子啊，这个就是你想要的答案啊！”

无了猛地明白师父这是在度自己。他对方丈说：“师父，我明白了，我明白了。”

又过了几年，了空老和尚更老了。老和尚明显地感觉自己去日已不多了，他明白，在他圆寂前，一定要为净心寺选出一个当家人。

这一天，寺里忽然严格考核众僧。从体力到毅力，从经书到心性。无了由于十几年来的磨炼，在众僧中和无尘脱颖而出。可净心寺的当家人只有一个啊，怎么办？方丈知道，现在要考他们的悟性了。

那天也是个飘雪的夜晚，老和尚把无了和无尘唤到跟前，每人给了一两银子，说："孩子，我给你们的银子不多，但要你们去买一样东西，能够把这间黑暗而寒冷的禅房塞满。"

无了和无尘都拿着银子出去了。没多久，两人都回来了。无尘花七钱银子买了一盏华丽的佛灯。他把佛灯点燃了，禅房立刻亮了起来。无尘说："师父，这个禅房我用灯光塞满了。"了空老和尚点了点头。

这时无了也来了。无了只花了五钱银子，买的是半车木材。他把木材搬到了禅房，用火镰把木材点着了，火光照亮了禅房，而且一个屋子像春天一样暖融融的。无了说："师父，我不光让火光塞满了这间禅房，而且，我还用温暖充实了它。"老和尚笑着点了点头，他知道，谁是他要选的人了。

后来，无了成了净心寺的住持。当无了从了空老和尚手里接过袈裟时，了空老和尚对跪在佛堂里的众弟子说："只给红尘中的万千众生以光明是不够的，要给他们温暖，要让他们凄冷的心感觉到春天的和煦、活着的幸福，那才是我佛的慈悲啊！”

无了说：“弟子记下了。”抬头再看了空老和尚，已坐化了。老和尚的笑很慈祥，佛一样的温暖。无了和众弟子对着师父深深地念了句：“阿弥陀佛！”

就有春天的风吹过来，无了感觉到了温暖。莲花的温暖。

行路的和尚

两个和尚奉方丈法旨去做一件事。一个和尚叫了空，一个和尚叫了尘。

迢迢的路两人仆仆地走。

路上有很多风景。风景都很美。两人看了，很羡慕。了尘羡慕得难受。可，那是红尘，不是他们的世界。

了尘是师兄。了尘心里难受得受不了。他想，师弟小，一定比他还要难受的。

了尘就对了空说："师弟，给你讲个故事吧！"

了空说："好啊，我正闷着呢！"

了尘说："这是师父给我讲的。"

了空抬眼望了下师兄，师兄眼里很暖，师兄就讲了。

说有一和尚坐禅。只要他一坐下，一用功，就发现有一头凶猛的狮子在他跟前跳舞。和尚想甩掉，可怎么甩也甩不脱。功用得越厉害，狮子的舞跳得越疯狂。和尚虽有些怕，但心里却高兴得要死。因为狮子是文殊菩萨的坐骑。文殊是智慧的化身呀！和尚想，一定是我修行得好，修炼到一定程度了，文殊菩萨在向我暗示，给我显灵呢！和尚把他的发现告诉给师父。师父是得道的高僧，听了什么也没说，只是交给和尚一把刀子。和尚不敢接。“文殊是菩萨，她的坐骑不是凡物，绝对是有灵性的。”师父说，“假如你用这把刀子能杀死它，就说明这狮子是魔；若杀不死，就说明这狮子是真的。不信你就试试看。”

和尚信了师父的话，又一次坐禅。那狮子又来了。功用得越厉害，狮子舞得越激烈。和尚见狮子舞得忘乎所以，心想，时机来了，就猛地挥刀向狮子刺去……

了尘讲到这儿，问师弟：“你说刺在什么地方了？”

了空说：“也许刺在坐禅和尚的腿上了。”

了尘自言自语说：“是刺在狮子身上的。”接着就问了空，“你怎么知道是刺在坐禅和尚腿上的？”

了空说：“我想，狮子是虚的，和尚的腿才是真的。”

了尘没有吱声。

了空说：“我说得不对吗，师兄？”

了尘说：“师父只给我讲到这儿，让我悟。到现在，我还没有悟出来呢！”

两人不吱声了，又走。

前边是条河。很宽，三四十米的样子，很空旷。水浅着流，清清的，有鱼在幸福地游。

一女子立在岸上。女子二八年纪，着一双红绣鞋，一条葱绿的灯笼裤，火一样燃烧的袄。女子有一条长辫子，梢儿调皮地指着风向。

女子看样子想过河。想到那岸去。那岸有很多的花，红的，黄的，蓝的……反正比这岸多，好。看女子的鞋，就知女子怕水，女子的鞋很新，鞋上绣着几朵桃花，很鲜，正热闹地开。女子只好站在岸边，瞅着那岸的鲜艳和缤纷，揉着自己的袄角。

了尘看到了，先叹了声，然后唤了声“阿弥陀佛”。

了空没有说啥，只是看着女子。

了尘望了下师弟。了尘想告诉师弟，咱是出家人，四大皆空呢！

了空没有停留走了过去，来到女子跟前。他打揖念了句“阿弥陀佛”，然后弯腰背起女子。

女子很诧异，但女子很高兴。她很老实地伏在了空的背上。

了空下了水。女子知道，水一定很凉。从岸上那缩着绿的草，女子就明白，刀子一样凉呢！

了空看了眼水，水很清，波澜不惊地流，有鱼在悠闲地游，鲜活了水。

了空背牢女人，在水中扯着走，哗啦，哗啦。

了尘望着了空的背影，双手合十，念着阿弥陀佛。很虔诚，很虔诚……

岸终于到了。了空放下女子。

女子说了声："谢谢你，师父。"

了空唤了声："阿弥陀佛。"

女子想和尚没听清楚呢，就又说了声："谢谢你，师父！"

了空又唤了声："阿弥陀佛。"接着，又往前走。

了尘一直随在师弟的身后。

女子的身影在他们的身后飘起来，红红的，一朵云。

了尘就把拉长的目光收起来。了尘就望着一直走路的师弟。了尘想，师弟会说的。

了空在走。

了尘跟着走。了尘想，师弟，你六根未净呢！出家人怎能招惹红尘呢？唉，你这样修行，很难得道，很难成佛呀！

了空只瞅着前方的路，走。

了空头上有了汗珠。了尘想，师弟，你心虚呢！

了尘就开口了："师弟，出啥汗呢？"

了空说："热。"

了尘说："是热。"

了空瞅了下师兄。从师兄的眼光里，了空什么都知道了。了空笑了一下。很无奈。

了尘说："师弟，你知道你刚才干了什么了？"

了空说："我什么也没干呀！"

了尘说："你干了。"

了空说："我没干。"

了尘问："你忘了？"

了空说："我忘了。"

了尘说："师弟，你背一个女子过河呢！"

了空"噢"了一声："对了，我背了一个女子过河，不过，我背过河之后就放下了，就忘了。不像师兄你，现在还背着呢！"

了尘没有吱声。

了尘知道师父为什么给他起法号叫了尘了。了尘也知道，迢迢的路他只有仆仆地走了。了尘感觉他心里难受，了尘就念了句"阿弥陀佛"。

了空知道师兄这是在度他自己呢。其实，自己怎么能度自己呢？除非船。

路上哪有船呢？只有风。

了空就笑了。其实人间有风就够了。

了空也随着师兄，念了句"阿弥陀佛"。

正有大朵大朵的风在路上开花。了空知道，那是莲花。

洁白的莲花。

一块空阔地上架起了火。镇上卖羊肉汤的张屠户从家里搬来了一个刚买的大锅。水房的李掌柜无偿地贡献了四桶水。木匠铺的送来了木材。于是，锅架好了，火点着了，锅里的水在熊熊烈火中开始翻腾了。

这个时候，老和尚把小和尚按他的吩咐包了很多层的木鱼取开了，然后小心翼翼地放到了沸腾的水中。接着老和尚用木勺舀起尝了一口，咂了咂嘴："太美了，我敢说这是世上最好喝的汤！"一席话说得大家嘴里流出了口水。大家都想用勺子舀一些尝尝。老和尚制止住大家："现在还不是喝的时候，如果能在汤里再加上一些盐、葱头、花椒和香菜，这木鱼汤会更好喝。"几个家里有这些材料的人听了忙跑到家里取来交给老和尚。老和尚把这些东西放到锅里开始搅拌，接着又用木勺舀起用舌头尝了尝："如果能再加些新鲜的香菇、蔬菜，那这个汤味道会更好！"有这些蔬菜的人忙跑到自家的地里取来洗净放到了锅里。老和尚又尝了尝汤说："如果再往锅里放一些肉丝和虾米，那这个木鱼汤会更鲜美！"卖猪肉的屠户到家里割了一大块猪肉切成肉丝用荷叶包来了，卖鱼的赵掌柜到自己的摊子上也取来了虾米……

在老和尚的指导下，镇上的人凡是家里有老和尚需要的东西都跑到家里取来了，就这样从早上一直到了晚上，木鱼汤才做好。那时大家都饿得前胸贴后背了。当镇上的人们一人端一碗在月光下品着木鱼汤时，他们觉得这木鱼汤真是太鲜太美了！

当老和尚问他们这木鱼汤好不好喝的时候，大家都异口同声说“好喝”，并说木鱼汤是世上最鲜美的汤。“这锅汤之所以鲜美，关键是大家都往锅里贡献了自己家的所有，也就是你们人人都往锅里倾注了自己的真诚、自己的爱啊！如果把社会和我们的生命比喻成这样一锅木鱼汤，要想让我们的社会和我们的生命像这锅木鱼汤一样被人赞美，我们大家要向社会多倾注自己的真诚和无私的爱啊！”老和尚从锅里捞出木鱼，接着说，“其实，这个木鱼只是一段木头而已，而你们碗里鲜美的汤恰恰是你们的爱的味道啊！”

所有端着碗的人都说：“对啊对啊，师父说得太对了！”其中那些好争吵的人脸上马上红了起来。那几对打过架的弟兄和父子都惭愧地低下了头。

老和尚说：“佛祖的心愿是希望尘世人人都能幸福快乐，只要你们能相敬相爱，相互帮扶，你们就是不给佛祖捐赠香火，佛祖也是一样高兴的；反之，你们就是把整个家产捐赠给佛祖，佛祖也是不会保佑你们的！你们的痛苦和孤独不是来自别人，而是来自你们自己。你给了别人爱，别人就是你的天堂。说到底，你们的天堂在自己的心中啊。而那个天堂就是自己无私的爱啊！”

月光如洗，老和尚和小和尚走在回庙的路上。

走着走着，小和尚突然说：“师父，你今天破戒了。”

老和尚问："是吗？"

"是。"小和尚说，"你让人往木鱼汤里加肉和虾米。肉和虾米那都是生命啊！"

老和尚说："孩子，知道佛祖为什么说'我不下地狱，谁下地狱'吗？"

小和尚说："不知道。"

老和尚说："只要能让尘世的人们都找到天堂，我就是下地狱也心甘。虽然我是下了地狱，而实际上我是进了天堂。反之，我不能让人们找到心中的爱和善念，我就是进了天堂而实际上是下了地狱啊！"

小和尚说："师父，我不懂。"

老和尚摸了摸小和尚的肩："你现在还小，长大就会明白了！"老和尚又望了一眼活在云雾深处的庙宇，"孩子，咱们走吧！"

秋日的芬芳

了空小和尚来到悬心山的静心寺已三载了，除了天天跟着师父悟了禅师化缘念经、到山下去开垦荒地外，悟了禅师什么也没教给他。了空小和尚就有些急，想，我都这么大了，现在正是学东西的时候，三年过去了，什么也没学到，若这样下去，啥时才能修成正果，才能得道成佛啊！

了空小和尚心里一放这些，当然就不会静了，念起经来就有些三心二意，就有了些敷衍和应付。悟了禅师也是从年轻过到年老的，了空小和尚的这些心思，他懂。他什么不懂呢？这么一把年纪了，该经的都经了，还有什么能瞒他的呢？想想，真的是很少了。了空小和尚的这点想法，他在十八岁的那年就有了。那是他刚入寺不久。他原是一黉门秀才，生得唇红齿白，潇洒倜傥，当然了，就会有很多女孩子为他怀春。那时他也爱上了一个。他爱上的那个女孩叫媛儿。可媛儿最终却嫁给一个财主做了小妾。那时他痛苦了一个春天。后来他去散心的时候，被一个叫风儿的女孩看上了。风儿长得丑，丑得他不敢去爱。当然他就不会答应风儿家的说合。后来那年的夏天，风儿的父母来求他，说女儿要死了，临死前想看他一眼。他当时很诧异，就随着两位老人来到了风儿的床前。他看到了一个苍白憔悴、骨瘦如柴的女孩。老人告诉他，女孩的病是相思病，是想他想的。那时他为风儿流了一滴泪。可这滴泪却被风儿捧在手里攥到了心里，风儿临死前说了一句话，这一句话让他痛苦了一辈子。风儿说："你能为我流这一滴泪，我这一辈子就没有白活。"听了这句话，他猛的什么都想开了。他就觉得自己的脑子里空空的，什么也没有。那时他知道，红尘中的事于他来说都已了结，他该走了，于是他就来到了悬心山……

几十年过去了，想想就像在眼前似的。来到庙里，当时他也有成为高僧的想法，成为高僧，就可以了脱一切烦恼。直到后来他才明白，烦恼不是了脱的。烦恼是了脱不了的。烦恼就好比路上的一块石头，如果去撞它，结果只会是伤痕累累；如果不去招惹它，石头就不会显示它的刚性和坚韧，那时你还是完整的你、快乐的你。说到底，烦恼是自找的！

悟了禅师明白，这些是靠悟的。了空小和尚是有慧根的，只要静下心，是能悟到的啊。

开始悟了禅师没有说，有些事是不能说的。悟了禅师想小和尚会慢慢平息自己的。可过了一段时间，了空小和尚不光没走出自己，反而把自己走得越来越远了。那时，悟了禅师看到太阳已发芽。悟了禅师知道天已春了，了空小和尚需要度了。有时候，人是要悟的，真是悟不开的，那就要度。这是没办法的事。

这一天的阳光含情脉脉。悟了禅师带着了空小和尚来到山下他们开垦了一个冬天的荒地里。悟了禅师把一只大口袋放到了空小和尚的肩上问："沉吗？"

了空小和尚说："沉。"

悟了禅师给了空小和尚说了一个不沉的方法。悟了禅师说："你背着口袋一直向前走。当你走到地的那一端的时候，就感觉不到沉了。"

了空小和尚问："真的？"

悟了禅师说："真的。但你要记住，不论发生了什么，都不要回头，一直向前走。"

了空小和尚说："我知道了。"

悟了禅师说："你知道了还不走？"

了空小和尚就耸耸肩。肩上的口袋很沉。小和尚又看了看一望无际的土地，土地的一端长在早晨茫茫的雾岚里。了空小和尚的心就有些沉了，就抬头又看了眼师父。悟了禅师知道了小和尚为什么看他，就说："走，其实很简单，走一步，再走一步。就这些。"

了空小和尚在心里叹了声，接着按师父说的，走一步再走一步，走下去了。

再远的路，只要走，其实是很好到达的。当了空小和尚走到地的另一端时，猛然发觉肩上轻了很多，原来，是肩上的口袋瘪了……

了空小和尚回到庙里的时候，师父正在佛堂里念经。悟了禅师看着一身疲惫的小和尚说："诵经吧！"

了空小和尚看了看师父，只好坐下，随着师父一块诵经。

看着身边的徒儿，悟了禅师明白：有些东西是不能马上点破的，得需要时间。就说今天的事吧，如果不到秋天，他说得再好，小和尚也是悟不透彻的。

转眼天高了气爽了，空气中传来了成熟的香味。悟了禅师知道天已秋了，该给小和尚点破了。悟了禅师就领着了空小和尚来到他们山下开垦的荒地里，荒地里如今是遍野的谷子，在秋风的吹拂下荡漾着扑鼻的芳香。了空小和尚很诧异，他跑到地里看了谷子，又看了看师父，问："师父，怎么会这样？这是谁播种的？"

悟了禅师说："是你。"

了空小和尚说："我？我什么时候播种的？"

悟了禅师说："你还记得我让你背着一个口袋在这块地里行走的事吗？"

了空小和尚说："怎么不记得？是春上，你让我走一步再走一步，一直向前走。我当时走得精疲力竭，可累坏了，对你有一肚子的意见呢！”

悟了禅师说：“我把口袋放到你肩上时，趁你不注意，在口袋的一角划了个口。也就是说，你走了一路，实际上你是播撒了一路。”

了空小和尚说：“我说呢，我怎么感觉口袋瘪了呢，口袋越来越轻，原来是把谷子都撒了呢！”

悟了禅师说：“其实，你的撒就是种，你的一直向前走就是你的道你的佛啊！”

了空小和尚似懂非懂地点了点头。

悟了禅师说：“人其实是不应该问自己的脚步到哪儿去的。你只要走，一步一步地走下去，当你回过头来，看看你身后的那一串歪歪斜斜的脚印，你就会明白你的位置和你的收获。就像老农，只要春天播种了，浇灌了，施肥了，侍弄了，秋天一定会有收成。说起来，好收成就是他们的道，就是他们的佛啊！”

了空小和尚如醍醐灌顶：“师父，我明白了，我明白了！”

悟了禅师长叹了一声。他的目光越过了空小和尚的头顶，望向了遥远的天际。在缥缈的雾岚里，他看到了一滴水，他知道，那是他的泪，是风儿捧在手里的那滴泪。那滴泪好凉啊！凉得他一颤。他知道，了空小和尚是幸福的，因为有他在度。而他却和风儿一样，只能靠那滴泪来滋润。想到这，他只有再叹一声，向着佛祖，再诵一声：“阿弥陀佛。阿弥陀佛啊！”

我们的佛

佛　心

一日，佛在打坐，菩提树下来了三者：名、利、权。三者围石桌而坐。

权曰:“多日不见，今日难得一聚，一醉方休，如何？”名、利齐赞同。

利看二者皆两手空空，曰：“无酒，怎个醉法？”

名手指菩提树下的智慧井:“那里盛的不是世上最美的酒吗？”

利又问：“菜呢？”

权指着自己：“名、利、权不是世间最美的三道菜吗？”

众皆大悟：“妙！”

权觉得有点美中不足：“若再来一者，就更妙了，四者，事事如意乎！”

佛感到三人的喝法滋味非凡，移莲步过来：“我算一者，如何？”

众皆欢呼：“妙哉！”

佛曰：“你们三者皆拿出尘世三道最绝的菜肴，老衲也入乡随俗，献出一样。”说着伸手入怀，掏出一物，鲜鲜艳艳，活蹦乱跳，是心。

四者推杯换盏，逐一品尝。佛看三者之菜鲜嫩金黄，凡心大动，便各自夹些填入嘴中，品时味美，过后，肚里异常难受，不免排出三枚臭气来。

名、利、权三者见佛心鲜红，食欲大振，皆抛箸入盘。进口皆吐：“苦也！”便不再问津，就吃起另三样菜肴，吃得杯盘狼藉，忘乎所以。

酒毕，唯佛心完好如初。三者齐问佛：“心怎这般苦？”

佛看看三者，想说说因为所以，但看三者之疑相，哈哈大笑。

佛曰：“佛苦的是心，甜的是人，香的是味。”

三者咋舌，只觉口内异香如兰如麝，皆大惊，忙呼佛，佛已无影。

哭 佛

很久很久以前，有一和尚，想成佛，于是，他修身养性，参禅悟玄。悟了很久，所获寥寥。和尚明白自己：一辈子只是当和尚的料了。

和尚就哭了。和尚哭得很伤心。泪也就流得很凶，像现在的自来水。哗哗地。大约流了两水缸吧。也许还多。和尚的泪流干了，和尚心里好受了很多。也明白了好多。那时和尚不想成佛了，和尚很开心。

后来，和尚成了佛。

五百年后，有个叫闵凡利的同志看三维立体画。别人两眼一斗，画就立体了。他们看得兴致盎然，热火朝天。闵凡利这个同志也想看，无论他怎么斗眼，三维画他只看到了一维。闵凡利就开始怀疑自己了：莫非患有眼疾？到医院检查，大夫曰：“两眼视力均是一百五十度，何患之有？”闵凡利不相信，问大夫：“眼若无病，三维为何只见一维？”大夫回答不上来。

闵凡利就亏。亏着亏着泪就流了。开始少，后来就凶了。闵凡利同志就开始恨三维画。就想扔掉那本三维画。可奇迹出现了：闵凡利看到了一个崭新世界，是立体的。闵凡利这家伙高兴极了。他又重新斗眼，可立体世界却无声无迹了。

闵凡利就明白了，从此不再看三维画。

可后来闵凡利这家伙一闭眼就能看到立体画。真是怪事。

又过了五百年，也许还久。闵凡利的曾曾孙当了一个地方不大不小的官。这孩子一心想当个好官，想对得起五百年前的曾曾祖父那个叫闵凡利的人。这孩子一心一意地当官，可官却当得很狼狈。当地的老百姓都骂他，骂了他祖宗八代，没有骂到闵凡利。闵凡利很庆幸。

有一天，佛光临了闵凡利曾曾孙的住处。佛说：“孩子，你的烦恼我知道。”那孩子一听，就忙给佛叩头。佛说：“你不是当官的料。但你既选择了，这就是缘。”于是佛给那孩子说了了却烦恼的妙法。那孩子听后眉头紧皱，不作声。很久，才说，他考虑考虑。

三日后，那孩子找到佛。佛问：“你考虑好了？”那孩子点了点头。佛笑了。佛伸手从那孩子怀中掏出一样东西。是心。

佛说：“烦恼皆由心生。从此，你可了无烦恼了。”

果然，那孩子没了烦恼。官也当了很大，很好。当地的老百姓皆称闵大清官。